LEONIS
LE TEMPLE DES TÉNÈBRES

MARIO FRANCIS

Leonis
Le Temple des Ténèbres

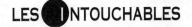

Les Éditions des Intouchables bénéficient du soutien financier de la SODEC et du Programme de crédits d'impôt du gouvernement du Québec.

Nous remercions le Conseil des Arts du Canada de l'aide accordée à notre programme de publication.

Nous reconnaissons l'aide financière du gouvernement du Canada par l'entremise du Programme d'aide au développement de l'industrie de l'édition (PADIÉ) pour nos activités d'édition.

LES ÉDITIONS DES INTOUCHABLES
4701, rue Saint-Denis
Montréal, Québec
H2J 2L5
Téléphone : 514-526-0770
Télécopieur : 514-529-7780
www.lesintouchables.com

DISTRIBUTION : PROLOGUE
1650, boulevard Lionel-Bertrand
Boisbriand, Québec
J7H 1N7
Téléphone : 450-434-0306
Télécopieur : 450-434-2627

Impression : Transcontinental
Maquette de la couverture et logo : Benoît Desroches
Infographie : Geneviève Nadeau
Illustration de la couverture : Emmanuelle Étienne

Dépôt légal : 2008
Bibliothèque et Archives nationales du Québec
Bibliothèque nationale du Canada

ISBN : 978-2-89549-314-3

1

LA TRAHISON
D'ANKHHAEF

L'Empire était perdu. Et, bien sûr, cette cruelle vérité affligeait le noble Ankhhaef. Les douze joyaux qui devaient constituer l'offrande suprême ne seraient jamais réunis sur la table solaire. Dans deux ans, l'impitoyable cataclysme promis par le dieu Rê anéantirait la glorieuse Égypte. Après avoir fondé autant d'espoir sur la réussite de l'enfant-lion, l'homme de culte avait du mal à croire qu'un aussi tragique dénouement fût possible. Il devait pourtant admettre l'évidence : Leonis avait échoué. À présent, le sauveur du royaume gisait dans les dortoirs du temple où officiait le grand prêtre Ankhhaef. Il était mourant.

Deux jours plus tôt, les magnifiques barques royales qui avaient emporté l'expédition de Leonis vers l'Île de Mérou[1] étaient revenues

---

1. Voir Leonis tome 10, *L'Île des Oubliés*.

à Memphis. Au moment de leur arrivée, Ankhhaef et le vizir Hemiounou avaient gagné les débarcadères du port avec la certitude de pouvoir accueillir triomphalement l'élu des dieux. Au palais, les courtisans du pharaon Mykérinos s'affairaient déjà aux préparatifs d'un somptueux banquet qui, une semaine après le retour des aventuriers, devait être donné en l'honneur du sauveur de l'Empire et de ses courageux compagnons. Bien entendu, cette fête n'aurait jamais lieu. L'espoir, que les précédents exploits de l'enfant-lion avaient rendu aussi vif que la lumière de l'astre du jour, s'était éteint d'un seul souffle. La mort de tout un peuple était annoncée. Et celle de Leonis viendrait dans quelques jours. Depuis qu'il s'était effondré sur l'Île de Mérou, le sauveur de l'Empire n'avait pas ouvert les yeux. Tout indiquait que son voyage vers l'Autre Monde était déjà amorcé. Les médecins du temple n'avaient d'ailleurs émis aucun doute à ce sujet. Sia, la sorcière, prétendait que rien n'était encore perdu, mais, dans le regard de cette valeureuse femme, Ankhhaef avait pu percevoir toutes les inquiétudes de l'univers.

Le regard rivé au sol, le visage décomposé par l'immense chagrin qu'il éprouvait, le grand prêtre traversait le luxueux couloir qui conduisait aux dortoirs du temple. Il ne prêtait aucune attention aux beautés qui l'entouraient. Ciselées dans l'albâtre, et jadis façonnées par le plus illustre sculpteur du roi Khéops, de nombreuses scènes soulignaient la splendeur, la bonté et la force du dieu-soleil. Des cloisons composées de carreaux de terre cuite émaillée aux couleurs éclatantes créaient d'étroits intervalles entre ces majestueux tableaux. Des flammes basses ondoyaient dans des vasques de granit qui longeaient le corridor. L'endroit baignait dans une lumière mordorée. Les odeurs d'encens et d'huile parfumée contribuaient à sacraliser l'ambiance du lieu de culte. Toutefois, elles n'arrivaient pas à couvrir tout à fait les relents de chou, de sueur et de poisson qui provenaient des dortoirs. Des pensées sacrilèges emplissaient l'esprit d'Ankhhaef. Le pauvre homme avait voué son existence au dieu des dieux. Depuis qu'il officiait dans le naos du temple de Rê, le grand prêtre avait livré assez d'offrandes sur l'autel de son maître pour nourrir le peuple d'Égypte durant au moins trois saisons[2]. Malgré tout, celui qu'il adorait était demeuré sourd aux adjurations du plus dévoué de ses fidèles. Sous le regard indifférent de Rê, l'enfant-lion avait été terrassé. Ankhhaef voyait ses espérances de rédemption réduites à néant. De surcroît,

---

2. L'ANNÉE ÉGYPTIENNE COMPORTAIT TROIS SAISONS DE QUATRE MOIS.

il serait bientôt contraint de porter au tombeau le corps d'un admirable garçon qu'il aimait comme un fils.

Le grand prêtre passa sous le linteau sculpté de la porte qui conduisait aux dortoirs. En ce début d'après-midi, l'endroit était désert. Il se dirigea ensuite vers l'entrée de la chambre exiguë dans laquelle, selon toute vraisemblance, l'enfant-lion achevait sa courte vie. La sorcière d'Horus attendait Ankhhaef. Elle lui avait envoyé un messager pour lui demander de se rendre sans délai au chevet de Leonis. L'homme de culte se préparait au pire. Lorsqu'il pénétra dans la pièce, Sia ne leva pas les yeux vers lui. La femme était assise sur un tabouret qui jouxtait le lit du sauveur de l'Empire. Elle avait les paupières closes, et son visage était contracté comme si une douleur lancinante la tourmentait. Leonis était couché sur le dos. Une couverture de lin blanc l'enveloppait. Seule sa tête émergeait de ce cocon laiteux. La figure de l'adolescent n'était plus qu'un masque livide. Ses lèvres sèches semblaient recouvertes d'une fine pellicule de poussière d'encens. Le noir profond de ses cheveux, de ses sourcils et de ses cils tranchait crûment sur la vive blancheur du lit. La chambre sans fenêtre était silencieuse. Sur un guéridon de bois, une lampe à huile grésillait.

La respiration laborieuse et saccadée du mourant produisait une succession de râles ténus, humides et déplaisants. On eût dit que Leonis se noyait; et cette impression n'était pas très éloignée de la réalité. Dans un murmure chevrotant, Ankhhaef demanda:

— Serait-ce la fin, Sia? Doit-on faire venir la petite sœur de Leonis ainsi que ses braves compagnons?

Le visage de la sorcière se crispa davantage. Des larmes glissèrent sur ses joues. Elle ouvrit les yeux, haussa les épaules en signe d'impuissance; puis, en secouant mollement la tête, elle répondit:

— Je suis épuisée, Ankhhaef... Je... je n'aurai bientôt plus la force de maintenir l'enfant-lion en vie. Son poumon droit est comme une outre crevée... Ses jours sont comptés. Il ne doit plus demeurer ici... S'il reste une chance de le sauver, c'est ailleurs qu'elle se trouve.

Ankhhaef tressaillit. Il planta son regard dans celui de la sorcière pour jeter d'un ton irrésolu dans lequel se mêlaient l'irritation, l'incrédulité et l'espoir:

— Que veux-tu dire, Sia? Ce temple est la demeure de Rê. Dans quel endroit le sauveur de l'Empire pourrait-il profiter d'une meilleure protection qu'en ce lieu sacré?

13

— Je ne peux malheureusement rien vous dévoiler à ce sujet, déclara la femme. Je peux seulement vous dire qu'il n'est peut-être pas trop tard. Je pense que, si nous agissons rapidement, Leonis pourrait échapper à la mort... Nous devons tout tenter, Ankhhaef... J'ai failli à la tâche qui m'incombait de protéger l'élu des dieux. Je vous prie de m'accorder la possibilité de réparer cette erreur.

Le grand prêtre s'approcha du lit. Du revers de la main, il caressa la chevelure rêche et désordonnée de l'enfant-lion. D'une voix émue, il affirma :

— Si je pouvais m'emparer du mal qui afflige ce garçon et si je pouvais subir à sa place toute la souffrance qu'il éprouve, je le ferais sans hésiter... Je... j'irais jusqu'à sacrifier ma vie pour préserver la sienne, Sia.

— Je n'en doute pas, grand prêtre, dit la sorcière d'Horus. C'est d'ailleurs pour cette raison que j'ai décidé de vous demander de me prêter main-forte. Menna et Montu sont venus ce matin. Je leur ai parlé de mes intentions. Vous n'ignorez rien de la très grande amitié qui les lie à Leonis...

Ankhhaef acquiesça en silence. Sia poursuivit :

— Menna et Montu en savent beaucoup sur moi. Je dois avouer que Menna m'en veut énormément pour ce qui est arrivé au sauveur de l'Empire. Je me suis alliée à ces jeunes gens pour les préserver de la magie du sorcier Merab. Ils ont traversé les pires dangers pour me libérer du sort que m'avait autrefois jeté ce terrible envoûteur. J'ai échoué. Merab et les adorateurs d'Apophis nous attendaient sur l'Île de Mérou. Je n'ai même pas été en mesure de déceler leur présence. Cela a entraîné la perte des trois derniers joyaux de la table solaire. De plus, par ma faute, la vie de l'enfant-lion ne tient plus qu'à un fil. En dépit de mes erreurs, les compagnons de Leonis ont bien voulu me croire lorsque je leur ai annoncé qu'il était encore possible de sauver la vie de ce malheureux... Vous aussi, vous devez me croire, noble Ankhhaef. Si vous ne tenez pas compte de ma requête, vous pouvez déjà demander à vos prêtres funéraires de veiller aux préparatifs de l'embaumement du sauveur de l'Empire.

— Je t'écouterai, Sia. Car s'il reste vraiment une semence d'espoir, nous devons la mettre en terre sans tarder. Je suis prêt à tout risquer pour que Leonis survive. De toute façon, l'Égypte semble bel et bien perdue. Tout indique que, dans deux ans, nous périrons tous. Néanmoins, depuis votre retour, je n'ai cessé d'invoquer la clémence du dieu-soleil.

Nous savons maintenant que l'offrande suprême ne sera jamais livrée. Mais Rê a vu de ses yeux les immenses sacrifices consentis par celui qu'il a désigné comme son élu. En outre, Merab n'est-il pas le sorcier de Seth? Si ce terrible envoûteur ne s'était pas interposé dans la quête des douze joyaux, les quatre coffres seraient maintenant réunis dans la grande demeure de Mykérinos. La mission de l'enfant-lion devait reposer sur les épaules d'un être humain. Je dois admettre que Leonis est un garçon particulièrement adroit, mais, que je sache, il ne possède aucun pouvoir magique. Rê est grand. Pourtant, il n'avait sans doute pas envisagé l'intrusion d'un puissant sorcier dans cette quête qu'il dédiait aux hommes. Merab s'est joint à nos ennemis. Conséquemment, la tâche de l'enfant-lion devenait beaucoup plus périlleuse. Que le dieu des dieux me pardonne s'il juge mes paroles offensantes, mais je considère maintenant qu'il serait injuste de sa part de punir le peuple des Deux-Terres[3]. À mon avis, l'échec de Leonis n'en est pas un. Depuis que ce vaillant garçon a entrepris sa mission, les règles du jeu ont beaucoup changé. Si Rê est équitable, il devra le reconnaître. Renoncera-t-il pour autant à

---

3. LES DEUX-TERRES: LE ROYAUME COMPORTAIT LA BASSE-ÉGYPTE ET LA HAUTE-ÉGYPTE; LE PHARAON RÉGNAIT SUR LES DEUX-TERRES.

sa colère? Bien entendu, l'humble serviteur que je suis ne saurait prévoir les intentions de son divin maître. Toutefois, si jamais l'Égypte était épargnée, mon plus cher désir serait de voir Leonis profiter d'une longue vie de bonheur sur cette terre qu'il a tout mis en œuvre pour sauver. Quelle est donc ta requête, Sia? J'imagine que, par la suite, je devrai répondre de mes actes devant Pharaon. Mais, peu importe ce qu'il m'en coûtera, je t'accorde ma confiance.

— Merci, grand prêtre, fit doucement la sorcière en se levant. Vous avez raison de présager qu'il pourrait vous en coûter de me venir en aide. Car je veux que vous participiez à l'enlèvement du sauveur de l'Empire…

Ankhhaef demeura impassible. Ses doigts soignés trituraient un pli de la couverture de lin qui enveloppait le corps de Leonis. Après un silence, il hocha la tête et il demanda simplement:

— Que dois-je faire?

— Nous devons agir le plus tôt possible. Ce soir, Montu et Menna nous attendront à proximité de l'enceinte du temple. Nous profiterons de la nuit pour transporter l'enfant-lion en bordure du désert. Bien sûr, nous aurons besoin d'une civière. Vous devrez aussi veiller à ce que, vous et moi, nous quittions ce lieu avec le blessé sans éveiller les soupçons de ceux que nous croiserons. Ensuite, lorsque nous aurons rejoint Montu et Menna, il serait préférable que vous nous accompagniez. Leonis est assez costaud. À quatre, il serait beaucoup plus aisé de le transporter, d'autant que les chemins menant au désert sont plutôt accidentés...

— J'irai avec vous, assura l'homme de culte. Évidemment, lorsque nous quitterons le temple, il y aura des témoins. En ce lieu, je représente l'autorité. Nous n'aurons donc aucun mal à sortir de l'enceinte. Mais la disparition du sauveur de l'Empire ne tardera pas à être découverte. Ma participation à cet enlèvement ne pourra guère être niée. J'aurai trahi mon roi. Au mieux, Mykérinos m'enverra croupir dans un cachot. Au pire...

La sorcière l'interrompit:

— La nuit prochaine, lorsque nous aurons atteint le désert, je devrai demeurer seule avec l'enfant-lion. Une fois que nous nous serons séparés, Montu et Menna gagneront le Fayoum. L'emplacement du repaire où ils se rendront est tenu secret. Je vous suggère de suivre nos amis, grand prêtre Ankhhaef. Là-bas, pour un certain temps du moins, vous serez à l'abri de la colère de votre roi.

2
LA PUNITION
DE BASTET

Mis à part ses compagnons d'aventures, aucun mortel n'était censé connaître le divin pouvoir du sauveur de l'Empire. La déesse Bastet avait pourtant osé transgresser cette règle : la dernière fois qu'elle avait permis à Leonis de se transformer en lion blanc, la métamorphose s'était opérée devant plusieurs habitants d'une petite île. Une telle faute était très grave. Confinée dans son temple, la déesse-chat attendait donc le jugement de son père. Même si elle persistait à croire que l'écart qu'elle avait commis était justifiable, elle se doutait bien que le dieu-soleil la condamnerait sévèrement. Avant que Rê ne lui interdît de le faire, Bastet avait tenté de communiquer avec le sauveur de l'Empire. Par malheur, Leonis n'était déjà plus en mesure de recevoir le moindre message de sa protectrice. En constatant son état, la sorcière d'Horus avait rapidement plongé l'adolescent dans un sommeil à ce point profond que même la douleur ne pouvait plus l'atteindre. Dans cette torpeur dépourvue de rêves et de sensations, l'enfant-lion était aussi inconscient de sa propre existence que l'eût été une pierre. À vrai dire, Sia n'avait pas eu d'autre choix que d'agir ainsi. Car les atroces souffrances engendrées par les blessures de Leonis eussent assurément précipité sa mort. De son côté, Bastet n'eût rien pu faire pour sauver la vie de l'enfant-lion. Le destin de ce dernier reposait donc entièrement sur l'intervention des hommes. La déesse avait la certitude que son protégé ne survivrait pas. Elle eût tout de même aimé faire savoir à ce pauvre garçon qu'il n'avait rien à se reprocher et, surtout, qu'elle était très fière de ce qu'il avait accompli.

Lorsque Maât, la divinité de la vérité et de la justice, se matérialisa dans le temple de Bastet, celle-ci l'accueillit avec un sourire frondeur. Assise sur son trône doré, la maîtresse des lieux ne prit pas la peine de se lever lorsque la nouvelle venue s'avança vers elle. Comme toujours, le visage crayeux de Maât était inexpressif. La déesse-chat fixait sur elle ses yeux de félin aux iris ambrés. Maât s'immobilisa à trois coudées de sa sœur. Elle joignit les mains devant sa bouche pour annoncer :

— Rê a pris sa décision, Bastet.

— S'est-il montré indulgent, Maât ? Lui as-tu fait comprendre que je ne pouvais pas agir autrement ?

— J'ai rencontré Rê pour entendre son jugement, ma sœur, et non pour intercéder en ta faveur auprès de lui. Le dieu-soleil se doit de faire respecter les lois divines. Tu as commis une grave faute et la décision qu'il a prise est juste. Il te condamne à cent années de réclusion dans ce temple. À partir de ce moment, et durant un siècle, tu ne pourras plus poser le moindre regard sur l'humanité. Je serai ton unique visiteuse et tu n'auras plus le privilège de t'asseoir à la table du conseil des dieux. Rê se montre toujours équitable. Sa parole et ses actes sont vérité.

— C'est insensé ! protesta la déesse-chat en secouant la tête avec force. Rê me punit aussi sévèrement qu'il a puni l'odieux Seth ! Lorsqu'il a reçu son châtiment, le tueur de la lumière avait indignement tenté d'éliminer Leonis ! Il voulait que le chaos règne sur la terre des mortels pour s'emparer du trône du dieu-soleil ! J'admets que mon erreur était grave, Maât. J'ai permis au sauveur de l'Empire de se transformer en lion devant un groupe de mortels. Toutefois, j'ai agi ainsi dans le but louable de sauver l'Égypte. Depuis quelque temps, Seth est emprisonné dans son horrible territoire. Mais, à ton avis, ma sœur, le confinement de ce fourbe a-t-il vraiment changé quelque chose? Pour ma part, je n'en crois rien. Puisque son instrument, le sorcier Merab, demeurait libre de compromettre le salut des hommes, le dieu du chaos disposait toujours d'un moyen de parvenir à ses fins...

— C'est vrai, admit Maât en pinçant les lèvres. Seulement, en permettant au sauveur de l'Empire de pénétrer dans les Dunes sanglantes pour libérer la sorcière d'Horus, les divinités lui ont offert la possibilité de se soustraire à la magie de Merab.

Bastet se leva promptement de son trône. Elle s'avança ensuite vers sa sœur et s'arrêta tout près d'elle pour la fixer avec colère. Maât ne broncha pas. L'ambre des yeux de la déesse-chat disparaissait presque entièrement derrière le noir de ses pupilles dilatées. D'une voix chuintante, elle jeta:

— Nous avons tous pu constater que la sorcière d'Horus ne possède pas la puissance nécessaire pour se mesurer à Merab! J'ai pourtant encouragé Leonis à risquer sa vie pour délivrer cette futile guérisseuse! Tu peux bien parler de justice, Maât! Depuis le début de la quête des douze joyaux, tout va à l'encontre de la réussite du sauveur de l'Empire! On dirait presque que le dieu-soleil veut renoncer à son règne! S'il veut céder son trône à Seth, pourquoi ne provoque-t-il pas tout de suite le grand cataclysme? Puisque Rê ne semble pas se soucier du salut du peuple d'Égypte, à quoi lui servait-il de faire croire à ses fidèles qu'ils avaient une chance d'y échapper?

Maât souleva ses sourcils fins. Quelques sillons légers se creusèrent sur son front pâle. Ce fut là l'unique et fugace manifestation du vif étonnement que les paroles de Bastet avaient suscité en elle. Elle déclara d'un ton de reproche:

— Tes mots ne sont pas dignes d'une divinité, ma chère sœur. Tu as permis au sauveur de l'Empire de se métamorphoser en lion blanc devant des mortels. Même s'il était évident que la créature du sorcier Merab était trop forte pour ton protégé, tu n'avais pas le droit d'intervenir comme tu l'as fait. Malgré tout, je dois concevoir que ce seul acte ne valait pas la lourde punition que le dieu-soleil t'inflige aujourd'hui. Je reste néanmoins convaincue que le châtiment de Rê est mérité. Parce que, ce qu'il veut surtout condamner, c'est le manque de foi dont tu as fait preuve en te comportant comme si tout était perdu.

La déesse-chat s'éloigna de Maât. Elle fit quelques pas peu assurés sur les dalles blanches de son temple. Lorsqu'elle se tourna de nouveau vers sa visiteuse, Bastet vacilla légèrement sur ses jambes. Sa figure exprimait l'incompréhension.

— Il n'y avait aucun espoir, Maât, souffla-t-elle en ouvrant les bras. Si je n'avais pas répondu à son appel, Leonis serait mort ce jour-là. La créature du sorcier Merab était si forte que rien ni personne n'aurait pu l'arrêter. Elle aurait tué tous les gens de l'île. Menna, Montu, Sia et les soldats du pharaon auraient sans doute subi le même sort... Si Leonis s'était tiré indemne de cette aventure, j'aurais au moins pu...

La déesse de la vérité et de la justice acheva la phrase de sa sœur:

— Tu aurais pu communiquer avec l'enfant-lion pour lui annoncer que Merab l'avait trompé...

— Oui, avoua Bastet. C'est sûrement ce que j'aurais fait. Mais il est trop tard, maintenant. Leonis est mourant. Ses amis sont sains et saufs, mais aucun d'entre eux ne sait que Merab s'apprête à gagner le territoire de

Seth pour apporter à son maître la preuve de son triomphe.

— Crois-tu réellement que la partie est terminée, déesse-chat?

— Nierais-tu l'évidence, Maât? L'élu est peut-être déjà mort à l'heure actuelle. Personne ne se doute que les trois derniers joyaux de la table solaire n'étaient plus dans le coffre quand celui-ci a sombré dans le ventre ardent de la montagne de feu. Qui pourra empêcher l'envoûteur d'atteindre les Dunes sanglantes avec son trésor? Aucune divinité n'osera venir en aide à l'Empire. J'ai moi-même voulu intervenir: Rê a condamné ce geste en m'obligeant à passer cent ans entre les murs de ce temple. Lorsque je quitterai cet endroit, notre maître sera assurément Seth, le tueur d'Osiris.

— Tu me chagrines, Bastet. Car en parlant ainsi, tu mésestimes la grandeur de ton père Rê. Le dieu des dieux a désigné l'élu en sachant qu'il pourrait accomplir sa mission. Je peux t'annoncer que Leonis est toujours vivant. Il est cependant très mal en point. L'ombre de la mort est déjà sur lui... Je dois l'admettre, il se pourrait fort bien que l'offrande suprême ne soit pas livrée par l'enfant-lion. Toutefois, ce sont les actes de ce garçon qui auront mené à la découverte des trois derniers joyaux de la table solaire. S'il devait rejoindre le royaume d'Osiris, je suis persuadée que son cœur se révélerait aussi léger que ma plume dans la balance du tribunal des Morts. Leonis s'est montré à la hauteur de ce que nous attendions de lui. Sans lui, les divines effigies du babouin, du vautour et du cobra n'auraient sans doute jamais réintégré le sol d'Égypte.

Avec une moue dubitative, la déesse-chat fit observer :

— Malheureusement, ces effigies sont désormais entre les mains de Merab.

— Bien sûr, Bastet. Mais elles ont été créées par Rê. Elles sont donc bénéfiques, et elles possèdent un pouvoir qui les protège des âmes malveillantes. En découvrant le dernier coffre, le sorcier de Seth avait l'intention de se débarrasser des joyaux. Ce n'est pas par hasard qu'il a changé d'avis. S'il a ouvert le coffre, c'était parce qu'il craignait d'offenser Rê en faisant disparaître les effigies. Il a ainsi jugé bon de conserver les trois derniers éléments de l'offrande suprême dans le but de les confier à Seth. L'envoûteur ne se doute même pas que cette décision lui a été suggérée par les joyaux eux-mêmes. Pour lui, ces objets auront l'effet d'un pernicieux poison. Ce poison le minera très lentement et, peu à peu, sa santé et sa raison se détérioreront. Au mépris de ses impressionnantes facultés, Merab sera incapable de se départir des joyaux. Le dieu du chaos ne pourra rien faire pour l'aider. Dans de telles conditions, il serait très étonnant que le vieil envoûteur parvienne à atteindre le territoire du tueur d'Osiris.

Bastet jouait nerveusement avec ses doigts fins. L'espoir adoucissait maintenant ses traits. Elle dit :

— Cette nouvelle réchauffe mon cœur, Maât. Seulement, si Merab allait mourir dans une grotte ou dans un coin reculé du désert, les joyaux demeureraient introuvables… Quoi qu'il arrive, les mortels auront tout de même besoin d'une bonne part de chance pour que l'offrande suprême soit livrée à Rê…

Maât approuva d'un simple mouvement du menton. Bastet y alla d'une dernière requête :

— Quand l'enfant-lion rejoindra Osiris, viendras-tu me l'annoncer ?

— Je t'en fais la promesse, déesse-chat.

La silhouette de Maât se dissipa. Bastet resta longtemps immobile. Elle eût aimé savoir pleurer pour soulager le désagréable serrement qui oppressait sa poitrine.

3
DES CŒURS DÉCHIRÉS

Depuis leur retour à Memphis, Montu et Menna résidaient dans le quartier des invités du palais de Pharaon. Les jeunes gens avaient songé qu'il valait mieux rester à l'écart de la maison de l'enfant-lion. Ils ne voulaient pas que Tati, la petite sœur de Leonis, pressentît qu'il était arrivé malheur à son frère. Dans la demeure royale, même si l'annulation du grand banquet prévu en l'honneur du sauveur de l'Empire avait causé un certain émoi chez les domestiques, seuls quelques courtisans étaient au courant du tragique dénouement de l'expédition. Mykérinos et son vizir avaient rigoureusement veillé à ce que la nouvelle ne franchît pas les murs du palais. Les deux servantes de Leonis ne savaient donc pas encore que leur maître et ses compagnons étaient revenus de leur périple. Puisque, le soir même, Menna et Montu devaient quitter la capitale, ils avaient demandé à un domestique de se rendre chez l'enfant-lion afin d'aller chercher la servante Mérit et de la conduire auprès d'eux. Le serviteur avait cependant reçu l'ordre de ne rien dire à la jeune fille sur la nature de cette convocation dans la grande demeure. Ainsi, lorsque Mérit fit son entrée dans la luxueuse chambre où l'attendaient ses hôtes, elle affichait un sourire qui révélait à la fois sa curiosité et son malaise. En premier lieu, elle constata que quelqu'un se tenait devant l'une des trois fenêtres étroites que comportait la pièce. Toutefois, le soleil qui s'encadrait dans l'ouverture entourait la silhouette d'un halo aveuglant. Sans pouvoir reconnaître Montu, Mérit détourna vivement le regard. Elle aperçut aussitôt Menna qui, assis sur une chaise, levait les yeux dans sa direction. Le combattant fit de son mieux pour masquer la détresse qu'il éprouvait. Ses lèvres s'étirèrent dans l'ébauche d'un sourire, mais, d'emblée, la nouvelle venue devina qu'un triste événement s'était produit. Montu s'éloigna du rectangle éblouissant de la fenêtre. Lorsqu'elle reconnut enfin celui qu'elle aimait, la servante émit une plainte flûtée. Sans hésiter, elle alla à sa rencontre pour se jeter dans ses bras. Montu enlaça sa belle avec force.

Il huma longuement sa chevelure parfumée. À l'instant où leurs regards se croisèrent, Mérit constata que l'adolescent pleurait. Montu déposa un baiser maladroit sur 'son front. La jeune fille l'interrogea avec angoisse :

— Que s'est-il passé, mon cher ami ? C'est… c'est l'enfant-lion, n'est-ce pas ? Il… il n'est pas…

Étranglé par l'émotion, Montu fut incapable de prononcer un mot. Ce fut Menna qui informa la domestique :

— Leonis n'est pas mort, douce Mérit. Mais j'ai bien peur que… que ce ne soit qu'une question de temps… Il est inconscient et grièvement blessé…

Le jeune homme sentit sa gorge se nouer. À son tour, il fut contraint au silence. Mérit s'écarta de Montu. Elle dissimula son visage derrière ses mains et elle se laissa choir sur les nattes épaisses et souples qui recouvraient le sol. Durant un long moment, il n'y eut aucun mouvement. Personne n'ajouta rien. Ce silence lourd de chagrin fut tout de même profané par le rire gras d'un individu qui se trouvait dans les jardins. Un oiseau quelconque poussa ensuite un appel suraigu et discordant. Puis Montu s'assit auprès de sa belle. Menna se leva de sa chaise pour se joindre aux amoureux. Il s'agenouilla et il s'adonna quelques instants à la contemplation de l'une des nombreuses scènes de chasse qui décoraient les murs de la grande pièce. Lorsqu'il se jugea en mesure de le faire sans s'interrompre, le combattant reprit la parole :

— Nous sommes revenus il y a deux jours, Mérit. Nous avons décidé de demeurer au palais pour éviter que la petite Tati nous voie. Car si elle avait constaté que son frère n'était pas avec nous, elle nous aurait sûrement interrogés à son sujet. Nous ne voulions pas qu'elle s'inquiète, tu comprends…

La figure toujours masquée par ses paumes, Mérit acquiesça d'un mouvement de tête discret. Menna continua :

— En ce moment, Leonis se trouve dans le temple que gouverne le grand prêtre Ankhhaef. Comme je te l'ai déjà annoncé, il est grièvement blessé. Nuit et jour, Sia veille sur lui. Elle fait ce qu'elle peut pour que l'enfant-lion échappe à la mort… Les médecins de Pharaon ne peuvent malheureusement plus rien faire pour sauver notre ami.

Cette fois, la servante éclata en sanglots. Montu lui entoura les épaules d'un bras tendre. Mérit dévoila son visage baigné de larmes pour se blottir furieusement contre lui. Malgré son propre accablement, Montu tenta de soutirer quelques paroles apaisantes du tumulte de ses pensées. Il n'y parvint pas. Ses yeux rougis se mouillèrent de nouveau et il leva sur Menna un regard suppliant. Le combattant fit un geste de la main pour signifier à son compagnon qu'il convenait de patienter. Durant le voyage qui les avait ramenés à Memphis, les deux aventuriers avaient eu le temps de faire face à leur chagrin; si la douleur qui les étreignait depuis leur départ de l'Île des Oubliés ne s'était pas atténuée, ils avaient au moins pris l'habitude de sa présence. La jeune fille, quant à elle, venait d'accuser un coup subit et terrible. Il valait mieux attendre qu'elle se calmât pour poursuivre. Mérit et sa sœur Raya avaient travaillé avec acharnement pour obtenir le privilège de servir dans la demeure du sauveur de l'Empire. En cette fin d'après-midi, la domestique venait d'apprendre que son maître était mourant et que, dans peu de temps, elle perdrait sans doute un grand ami ainsi que la noble affectation pour laquelle elle avait consacré tant d'années de dévouement. Mais, étant donné que le sang-froid faisait partie des multiples qualités des deux servantes de Leonis, la belle Mérit cessa vite de pleurer. Elle se redressa et s'essuya les joues en quelques gestes vifs. Accrue par les larmes, une lueur d'indignation étincelait dans ses yeux noirs.

Elle inspira et expira à quelques reprises avant de demander d'une voix faible :

— Est-ce que le sauveur de l'Empire a accompli sa mission ? Est-ce que l'offrande suprême pourra tout de même être livrée au dieu-soleil ?

Après un court moment d'hésitation, Menna jeta :

— Les douze joyaux ne seront jamais réunis sur la table solaire, Mérit. L'enfant-lion n'est cependant pas responsable de cet échec. Nous avons sous-estimé les adorateurs d'Apophis. Ces scélérats nous ont tendu un piège. Leonis s'est montré brave jusqu'à la fin de sa divine mission.

— L'Égypte sera donc anéantie, conclut Mérit avec gravité. La tâche du sauveur de l'Empire était de retrouver les joyaux. Il n'avait pas à affronter les ennemis de Pharaon. J'espère que Mykérinos comprend bien que tout le blâme de cet échec lui revient. L'Empire dispose de milliers de soldats, mais notre roi n'a rien fait pour contrer ces cruels adorateurs d'Apophis. Qu'espérait-il de la part du sauveur de l'Empire ? S'attendait-il à ce que Leonis, aidé de ses seuls compagnons, protège le royaume à sa place ? Mykérinos est...

La servante avait haussé la voix. Un claquement de sandales se fit entendre dans

34

le couloir. D'un geste de la paume, Montu exhorta sa belle à plus de discrétion. La figure de Mérit était rouge de colère. Elle fit claquer sa langue et souleva ses épaules avec brusquerie. Un courtisan pénétra dans la chambre. Il inclina le torse et, en s'adressant à Menna, il annonça :

— Pharaon est prêt à vous recevoir, commandant. M'accorderez-vous l'honneur de vous introduire dans la salle du divin trône ?

— Je viens tout de suite, répondit le jeune homme.

Il se leva. Son regard affligé s'attarda un moment sur Mérit ; puis, sans un mot, il tourna les talons pour quitter la pièce. L'émissaire prit le temps de saluer respectueusement Montu. Il fit ensuite volte-face pour emboîter le pas à Menna. Une fois seuls, les amoureux se murèrent dans un long mutisme méditatif. Leurs mains réunies se palpaient tendrement sur le genou droit du garçon. La servante rompit le silence en demandant dans un murmure :

— Qu'allons-nous devenir, Montu ?

L'adolescent tourna lentement la tête vers sa belle. Il était visiblement déconcerté. Il se racla la gorge avant de confesser :

— Je n'en sais rien, douce Mérit. Menna croit qu'il reste encore une mince chance de sauver l'Égypte… Il suppose que, si nous parvenions à éliminer Baka et à démanteler ses hordes, le dieu-soleil accorderait son pardon à Mykérinos. C'est en refusant de donner la mort au chef des adorateurs du grand serpent que Pharaon a provoqué la colère de Rê. Nous laverons peut-être cet affront avec le sang de Baka… D'ici un an, les combattants du lion seront prêts à se mesurer aux ennemis de la lumière.

— J'espère que tu n'as pas l'intention de te joindre à ces soldats, mon amour…

En guise de réponse, Montu ferma les paupières. Tel un enfant pris en flagrant délit, il baissa piteusement la tête. Mérit eut un couinement de surprise. Elle saisit son avant-bras pour le secouer avec fermeté. D'une voix affolée, elle s'exclama :

— Tu ne peux pas risquer ta vie une autre fois, Montu ! Dis-moi que tu resteras ici ! Promets-le-moi !

— Je dois partir, Mérit, répliqua-t-il entre ses dents. Je suis le compagnon de Leonis. Menna et moi avons traversé de nombreuses épreuves à ses côtés. La quête du sauveur de l'Empire est aussi la nôtre. Même si notre ami rejoignait le royaume des Morts, nous continuerions à lutter en son nom. Il reste un espoir pour le peuple des Deux-Terres. Il reste un espoir pour toi et moi, mon amour. Si tu penses vraiment que je suis capable d'abandonner maintenant, c'est que tu crois que je ne suis qu'un lâche... Ne doute pas de mon courage, Mérit. J'en souffrirais beaucoup trop... Je t'aime de toutes mes forces.

— Je t'aime aussi, soupira la jeune fille. Je ne doute pas de ton courage, mais j'ai affreusement peur qu'il t'arrive malheur... Contrairement à Menna, tu n'es pas un combattant aguerri...

— Je le deviendrai, assura Montu. Les enseignements de Menna ont déjà fait de moi un excellent archer. Au camp des combattants du lion, je serai soumis à un entraînement rigoureux. Lorsque nous prendrons d'assaut le repaire de Baka, je serai prêt à combattre...

— Et à mourir, laissa tomber Mérit avec tristesse. Je pleurerai bientôt devant le tombeau de mon maître et, dans un an, je pleurerai peut-être devant le tien... Que dois-je faire, maintenant, Montu? Comment trouver le courage d'annoncer à Tati que son grand frère ne reviendra jamais?

— Pour le moment, il ne faut rien lui dire, mon amour... Parce que, même si tout semble perdu, il se pourrait que Leonis ne meure pas...

La domestique sursauta. Partagée entre l'espérance et l'incompréhension, elle bredouilla :

— Com... comment ? Que... qu'est-ce que cela signifie, Montu ? Menna a pourtant affirmé que les médecins du temple ne pouvaient plus rien pour l'enfant-lion. Tu... tu paraissais toi-même convaincu que Leonis ne survivrait pas à ses blessures...

L'embarras se lisait sur le visage de Montu. Il étreignit Mérit pour lui glisser à l'oreille :

— Sia prétend qu'elle peut encore sauver Leonis. Malheureusement, je ne peux pas te révéler ce qu'elle a l'intention de faire. Mais je peux t'assurer que, demain, les prêtres du temple de Rê constateront l'enlèvement du sauveur de l'Empire. Il se pourrait que Pharaon envoie des gens pour vous interroger, Raya et toi. Si cela arrivait, j'aimerais que tu fasses en sorte que Tati ne se rende compte de rien. Leonis est très souffrant. Au temple, il peut compter sur les meilleurs médecins d'Égypte. Malgré cela, tout indique qu'il mourra d'ici quelques jours. Lorsqu'il apprendra que l'enfant-lion a été enlevé, et même en sachant que Sia, qui est une habile guérisseuse, est responsable de cet enlèvement, Mykérinos perdra sans doute tout espoir de le revoir vivant. Et si la rumeur de sa mort circulait dans l'enceinte du palais, il ne faudrait pas qu'elle parvienne aux oreilles de Tati. Veille sur elle, ma belle et douce Mérit. Tant que tu le pourras, tiens cette fillette à l'écart du chagrin. C'est ce que Leonis aurait voulu… Après sa disparition, il est fort possible que l'enfant-lion ne survive pas… Sia a promis de nous tenir au courant… Il te faudrait alors dire la vérité à cette pauvre Tati.

Mérit posa sa joue humide sur l'épaule de son compagnon.

— Je ferai de mon mieux pour épargner son cœur, promit-elle. Pour y arriver, je devrai sûrement dire autant de mensonges que les marchands de poissons du port de Memphis, mais Tati ne se doutera de rien… As-tu confiance en Sia, mon amour? Crois-tu qu'elle parviendra à sauver la vie de Leonis?

— Depuis qu'elle s'est alliée à nous, nous avons souvent pu admirer les étonnants pouvoirs de cette femme. Mais, là-bas, sur l'île, elle a eu la faiblesse de ne pas prévoir le danger qui nous guettait. Je crois bien que Menna n'a plus réellement confiance en elle. Seulement, puisque les jours de Leonis sont comptés, il juge sans doute que nous n'avons plus rien à perdre. En ce qui me concerne, je m'accroche à ce dernier espoir. Je ne peux pas faire autrement, car Leonis est plus qu'un frère pour moi… Dans quelques heures, je quitterai Memphis en compagnie de Menna. Celui-ci reviendra souvent dans la capitale pour rencontrer Pharaon. Il te donnera de mes nouvelles…

— Et toi, Montu, quand donc reviendras-tu?

— Je reviendrai dans trois saisons, lorsque les adorateurs d'Apophis auront enfin été éliminés.

La jeune fille se remit doucement à pleurer. Montu la serra très fort contre sa poitrine. Lui-même au bord des larmes, il ajouta:

— Il me sera très difficile de te quitter aujourd'hui, mon amour. Leonis, mon grand ami, a un pied sur le seuil du royaume des Morts. Mon cœur est déchiré, et ta présence est vraiment le seul remède qui puisse apaiser un peu la peine et la rage que je ressens. Tout à l'heure, j'aurai beaucoup de mal à ouvrir les bras pour te laisser partir. Menna sait à quel point je t'aime. Pendant que les barques royales regagnaient la terre d'Égypte, il a tenté de me convaincre de renoncer à me battre. Je n'ai rien voulu entendre. Il a donc accepté de me conduire au camp des combattants du lion. Ensuite, il m'a conseillé de ne plus revenir à Memphis… Là où je vais, je ne connaîtrai pas le repos. Je souffrirai sans doute beaucoup. Si j'interrompais mon entraînement dans le but de te revoir, je serais incapable, par la suite, de me séparer de toi. Je reviendrai, tendre et belle Mérit. Je t'en fais le serment. Et, lorsque j'aurai de nouveau l'immense joie de te serrer contre moi, je ne repartirai plus jamais. Ce jour-là, si l'Empire est sauvé, nous pourrons nous préparer à partager une longue vie de bonheur. Dans le cas contraire, je tiendrai ta main quand s'abattra le grand cataclysme.

4

LE DERNIER ESPOIR
D'UN ROI

Après avoir prié Menna de patienter dans
le couloir, le courtisan pénétra dans la salle
du trône pour prévenir le maître des Deux-
Terres de la présence de son invité. Le
combattant salua distraitement les deux
gardes armés d'une lance qui surveillaient
l'entrée de la prestigieuse pièce. Il était
angoissé. Car il s'apprêtait à trahir la confiance
de Pharaon. Ce matin-là, en compagnie de
Montu, Menna s'était rendu dans les dortoirs
du temple de Rê pour prendre des nouvelles
de Leonis. Les jeunes gens avaient pu constater
que l'état du blessé s'était nettement aggravé.
La sorcière d'Horus leur avait aussitôt annoncé
que sa magie ne parviendrait pas à sauver la
vie de l'enfant-lion. Elle avait même admis
que cette triste vérité lui était apparue quelques
jours avant l'arrivée des barques dans le port

de Memphis. Cet aveu avait consterné les deux compagnons du sauveur de l'Empire. Menna s'était laissé emporter par la frustration que générait en lui l'impuissance de Sia. Il avait saisi un vase qui se trouvait sur un guéridon pour le projeter violemment contre le mur. Le visage de la sorcière était demeuré impassible. Elle n'ignorait rien du vif ressentiment que Menna nourrissait envers elle. Elle jugeait même que cette rancœur était justifiée. Seulement, ce qui était fait était fait, et l'enchanteresse n'avait aucune envie de revenir sur les événements qui avaient mené à l'échec de la dernière mission du sauveur de l'Empire. D'un ton calme, elle avait dit :

— Tu viens de lancer ce vase contre la pierre, Menna. À présent, il est brisé. Tu sais qu'aucun regret, même le plus lourd, ne pourrait faire reculer le temps et déposer de nouveau cet objet intact sur la petite table où tu l'as pris. Pour que le vase reprenne sa forme, il faudra le réparer. Il en ira de même pour le sauveur de l'Empire. S'il reste à Leonis le moindre espoir de guérison, ce n'est certainement pas dans le passé ni dans les remords que l'on pourra le trouver.

— Tu parles d'espoir, Sia, avait répliqué Menna en serrant les poings, mais tu viens de nous avouer que ta magie est inutile. Et puis,

Leonis est un être de chair et de sang. Il est le sauveur de l'Empire. Il ne s'agit pas d'un vulgaire vase de terre cuite! Jusqu'à présent, nous n'avons que trop écouté tes sages et belles paroles. Puisque tout est terminé, à quoi te sert-il d'en rajouter?

En fronçant les sourcils, l'enchanteresse avait déclaré:

— Il est vrai que je suis incapable de guérir Leonis. Quand je l'ai compris, il y a plusieurs jours de cela, j'ai fait en sorte de communiquer en esprit avec ma mère, la sorcière Maïa-Hor... Je suis parvenue à convaincre les Anciens de venir au secours de l'enfant-lion... Tu n'as plus confiance en moi, Menna. Sache que tu n'as qu'une parole à formuler pour que je laisse la vie de Leonis entre les mains des médecins de Pharaon. Ce soir, ma mère et quelques-uns des miens viendront me retrouver en bordure du désert. Si Leonis est avec moi, je le leur confierai avant de rallier le camp des combattants du lion. Dans le cas contraire, je regagnerai mon monde, car j'aurai jugé que ma présence à vos côtés n'est plus nécessaire. La décision t'appartient, Menna...

D'un air désabusé, le jeune homme avait haussé les épaules. S'il avait été seul avec elle, il eût probablement dit à Sia que Leonis avait suffisamment souffert et que le temps était venu de le laisser mourir en paix. Mais, en croisant le regard chargé d'espoir de Montu, le combattant s'était interdit de réagir impulsivement à la proposition de la femme. Durant quelques instants, il avait mis sa colère de côté pour convier la sorcière d'Horus à lui exposer ce qu'elle avait en tête. Au bout du compte, mais sans croire pour autant que Leonis avait une véritable chance de s'en tirer, Menna avait accepté de participer à son enlèvement.

Adossé contre la cloison grise et nue du couloir, le chef des combattants du lion attendait toujours que le courtisan revînt pour l'inviter à franchir la large porte qui le conduirait devant Mykérinos. Depuis sa dernière rencontre avec Sia, le cœur de Menna s'était peu à peu gonflé d'optimisme. Il était maintenant convaincu d'avoir pris la bonne décision. La sorcière d'Horus avait déjà expliqué aux aventuriers que la science des Anciens était incomparable. Or, en dépit du secret qui entourait ce peuple inconnu de l'homme, il eût été déraisonnable de négliger ce qui représentait assurément l'ultime espérance de survie de Leonis. Menna avait beaucoup réfléchi. Il en était venu à la conclusion que Sia ne méritait pas le mépris dont il l'avait accablée. Elle ne pouvait être tenue pour responsable des terribles événements qui s'étaient produits sur l'Île des Oubliés. Depuis que le sauveur de l'Empire et ses compagnons l'avaient délivrée de l'envoûtement de Merab, la femme avait toujours admis que le maléfique sorcier de Seth lui était grandement supérieur. Le triomphe de l'envoûteur n'avait fait que confirmer ce fait. Menna, qui, un an auparavant, s'était vu confier la tâche de protéger l'enfant-lion, réalisait qu'il avait fait montre d'une totale injustice. À présent, il comprenait que, derrière l'absurde rancœur qu'il avait entretenue envers la sorcière, se dissimulait surtout la honte de s'être lui-même montré indigne de son importante mission.

— Le maître des Deux-Terres vous attend, commandant.

Menna sursauta. Il tourna la tête avec lenteur. Le courtisan se tenait près de lui. D'un mouvement ample de la main, il convia le combattant à pénétrer dans la pièce. Avant d'obéir, Menna le gratifia d'un pâle sourire. Il passa la porte et emprunta d'un pas indolent l'allée bordée de piliers, qui scindait en deux la salle du trône du palais de Memphis. L'atmosphère de ce lieu avait toujours été austère. Mais, cet après-midi-là, Menna eut la désagréable impression de s'engouffrer dans un tombeau. L'air et le silence étaient lourds. Chaque respiration emplissait le nouveau venu d'une bouffée de tristesse. Il dut faire un réel effort pour éviter de courber le dos. Pharaon était seul. Son crâne rasé avec minutie était nu. La blancheur de son long pagne plissé ajoutait un soupçon de gaieté quasi sacrilège dans cette ambiance de sépulcre. Menna s'approcha de son souverain en évitant de le regarder. Il posa ensuite un genou sur le sol pour lancer :

— Ô roi, fils de Rê, votre humble serviteur vous salue !

— Que la force de l'impétueuse Sekhmet t'accompagne, Menna ! Lève-toi et pose sans crainte les yeux sur mon visage. Ton regard est celui de la bravoure. Laisse-moi le contempler un moment, car Ma Majesté y puisera certainement du réconfort. Si tu viens me rencontrer aujourd'hui, c'est que tu t'apprêtes à rejoindre tes troupes…

— Oui, Pharaon, acquiesça Menna en se redressant. Montu m'attend. Nous quitterons le palais dans l'heure qui vient… Comme vous le savez, mon roi, le sauveur de l'Empire fera bientôt son entrée dans le royaume des Morts. Il n'ouvrira plus les yeux sur les merveilles de ce monde. La brave Sia reste auprès de lui pour lui assurer une fin paisible et sans trop de souffrances… Je suis un homme courageux, Pharaon. Montu est aussi un être courageux. Seulement, nous sommes rongés par la rage et le chagrin. Leonis va mourir… et nous ne pouvons plus rien faire pour lui venir en aide. Là où il se trouve, notre ami ne peut déjà plus voir nos visages. Il ne peut pas davantage nous entendre. Notre présence à ses côtés est bien inutile. Nous agirons donc comme s'il avait rendu son dernier souffle. Nous gagnerons le camp des combattants du lion afin de préparer la chute de Baka. Dans un an, nous vengerons Leonis. Et, en assassinant le chef des adorateurs d'Apophis, nous obtiendrons peut-être aussi le pardon du dieu-soleil.

— En effet, Menna, en ces tristes jours, la mort de mon cousin Baka demeure mon unique espérance d'attirer sur moi la clémence de Rê. La quête de l'élu ne pourra guère être achevée. De toute évidence, il en aurait été autrement si Merab ne s'était pas allié aux ennemis de la lumière. Mais rien n'échappe au regard de Rê. Le sauveur de l'Empire a été terrassé par le maléfique sorcier de Seth. La quête de l'enfant-lion était celle d'un mortel. Le dieu du chaos est déjà parvenu à piéger et à assassiner le puissant et divin Osiris. En y songeant bien, comment le dieu-soleil a-t-il pu juger que Leonis, un simple mortel, possédait la force nécessaire pour déjouer les plans de Seth? Rê se montrera juste envers ceux qui honorent son nom. Il m'observe et il voit que, même si mon royaume semble perdu, je continue d'implorer sa miséricorde en ne baissant pas les bras. Baka sera débusqué, traqué et tué. Je corrigerai ainsi l'erreur que j'ai autrefois commise en épargnant un roi qui vouait un culte au grand serpent Apophis...

Mykérinos s'interrompit. Ses dernières paroles avaient été prononcées sans conviction. Le maître des Deux-Terres prit sa tête entre ses mains. Il ferma les paupières et vida ses poumons dans un long soupir sonore. Ses poings tremblants s'immobilisèrent de part et d'autre de ses tempes. D'une voix étouffée par l'exaspération et l'amertume, le malheureux avoua:

— J'ai peur, Menna. J'ai très peur. Il y a deux jours, tu m'as fait le récit des affreuses aventures que vous avez vécues sur l'Île de Mérou. Depuis, je ne suis pas arrivé à dormir. Je pense sans cesse à l'horrible chose que vous avez dû affronter là-bas. Cette invincible monstruosité était la création de Merab. En dépit de leur bravoure, de leur force et de leur adresse, que pourraient faire les combattants du lion s'ils se trouvaient dans l'obligation de se mesurer à des centaines de créatures comme celle-là? De même, que se passerait-il si une horde aussi implacable envahissait Memphis?

Les traits de Menna s'assombrirent. Il ouvrit les bras en signe d'impuissance pour déclarer:

— Si une telle chose se produisait, mon seigneur, les habitants de Memphis connaîtraient leur fin avant que le cataclysme de Rê ne s'abatte sur l'Égypte. La créature que nous avons combattue ne craignait pas les flèches. Ma lance s'est brisée contre sa chair sans y pénétrer. Sa force était telle qu'elle aurait pu tuer un bœuf d'un seul coup de poing. Si le sauveur de l'Empire, avant de s'effondrer, n'avait pas usé de ruse pour que ce monstre se précipite de lui-même dans un gouffre, personne n'aurait survécu sur cette petite île. Les barques royales n'auraient jamais regagné votre royaume... En songeant à la possibilité que vous évoquez, mon roi, je ne peux pas m'empêcher de frissonner. Sur l'île, l'arme utilisée par Merab allait bien au-delà de ce que les mortels sont capables d'affronter. Si le sorcier de Seth a l'intention de créer une armée composée de ces créatures de cauchemar, nous aurons alors besoin de l'aide des dieux... Dans trois saisons, les combattants du lion seront prêts à livrer bataille. Nous gagnerons le repaire de Baka dans le but d'affronter des hommes. Le reste dépendra de la volonté de Rê.

— Je suis sûr que tes paroles iront toucher l'oreille du dieu-soleil, Menna. Sa force et sa protection accompagneront tes guerriers dans cette lutte. Mais, avant tout, il nous faudra découvrir l'endroit où se terrent nos ennemis. Je te rappelle que nous ne détenons toujours aucune précision à ce sujet. Nous avions capturé l'un des hommes de Baka, mais il est mort sans nous avoir révélé le moindre secret. Sur les routes, dans les villages et dans l'enceinte des cités, les patrouilles ont été multipliées. Dans chaque nome[4] de l'Empire, de manière à déceler de quelconques activités mystérieuses, des groupes de soldats ont reçu l'ordre d'interroger discrètement les habitants. Jusqu'à présent, ces recherches n'ont rien donné de concluant. Elles nous auront quand même permis de démanteler un petit groupe de pilleurs de tombeaux qui opéraient aux environs de Dendérah. Toutefois, en ce qui concerne les adorateurs d'Apophis, nous évoluons toujours dans le noir absolu.

— Nous finirons sûrement par trouver le nid de ces vipères, Pharaon. Pour le moment,

---

4. NOME: DIVISION ADMINISTRATIVE.

ce qui importe, c'est d'empêcher ces scélérats de découvrir le camp des combattants du lion. À ce sujet, j'imagine que vous avez déjà répondu à ma requête...

— Oui, Menna. Les archives militaires ont été rigoureusement fouillées. Les rares papyrus qui indiquaient l'emplacement de ce vieux camp abandonné ont tous été détruits. Moi-même, j'ignore où est situé cet endroit. Le maléfique Merab aura beau sonder l'esprit de tous les habitants d'Égypte, il ne trouvera jamais le plus petit renseignement qui lui permettrait de vous localiser. Le Fayoum est vaste. Vous y serez en sécurité... Cela dit, si l'enfant-lion mourait durant ton absence, comment pourrais-je te le faire savoir?

— Je reviendrai dans huit jours, Pharaon. J'ai bien peur que, d'ici là, Leonis nous ait quittés. J'irai alors annoncer cette pénible mais prévisible nouvelle à Montu. Nous voulons être présents lorsque le corps de notre ami sera porté au tombeau... Puis-je vous demander une dernière chose, mon roi?

— Bien sûr, mon brave. De quoi s'agit-il?

— La sœur de Leonis ne sait pas encore que son frère est revenu. Naturellement, elle n'est pas au courant qu'il va bientôt mourir. J'aimerais que les choses demeurent ainsi. Pendant quelque temps, les servantes de l'enfant-lion veilleront sur Tati. Quand le pire surviendra, je tiens à lui apprendre moi-même la mort de Leonis. Ensuite, lorsque nous aurons vaincu Baka, je compte m'occuper d'elle. Le bonheur de sa jeune sœur était le plus cher désir de mon ami. Je ferai en sorte de réaliser son souhait.

— Il en sera ainsi, Menna, assura Mykérinos. Tu seras le guide de Tati. Et, si Rê décidait de nous épargner, je te promets que cette petite ne sera jamais privée des bienfaits de ce monde.

5
MERAB
ET LES JOYAUX

Au moment où, dans le lointain, le soleil touchait la frange sinueuse de l'horizon désertique, le sorcier Merab et les trente-cinq hommes qui l'avaient accompagné durant son long périple en mer avaient atteint le Temple des Ténèbres. Impatient de connaître les détails de l'expédition de l'envoûteur, Baka, le maître des adorateurs d'Apophis, était venu accueillir la troupe à l'entrée du repaire souterrain. Il s'était hâté d'interroger le vieillard, mais ce dernier avait simplement grommelé que tout s'était déroulé comme il l'avait prévu. Sans un sourire, Merab avait ensuite exprimé le désir de rejoindre ses quartiers dans le but de s'accorder un peu de repos. À regret, Baka s'était plié à sa volonté. Le maléfique sorcier de Seth avait aussi exigé que les quelques caisses de bois qui contenaient ses effets fussent rapidement transportées dans sa tanière. Une nouvelle fois, le maître avait acquiescé à sa demande. Il y avait déjà plusieurs heures de cela. Et Merab savait très bien que le chef des ennemis de la lumière n'en pouvait plus d'attendre qu'il consentît enfin à le rencontrer. Mais le sorcier se souciait peu des humeurs de Baka. Assis sur des coussins, il massait ses pieds calleux et sales avec délectation. Il était épuisé, mais il y avait bien longtemps qu'il ne s'était pas senti aussi pleinement satisfait. Quelques mois auparavant, Seth, son divin maître, lui avait confié l'importante mission de mettre un terme à la quête du sauveur de l'Empire. Cette mission était maintenant accomplie.

Tout en étant conscient de son incomparable puissance, l'envoûteur s'étonnait encore de l'aisance avec laquelle il avait triomphé. L'enfant-lion s'était aveuglément jeté dans le piège qu'il lui avait tendu. Même s'il avait utilisé un bouclier surnaturel afin d'empêcher la sorcière d'Horus de déceler sa présence sur l'Île des Oubliés, Merab avait cru que l'enchanteresse se montrerait plus vigilante. Lorsque le sauveur de l'Empire et ses compagnons avaient foulé la berge caillouteuse de l'île, ils avaient été très mal accueillis par ses habitants. La reine des Oubliés et ses soldats avaient rapidement rejoint les aventuriers pour les tenir en respect. De manière à convaincre la souveraine qu'ils n'étaient pas venus pour se battre, Leonis, Montu et Sia s'étaient constitués prisonniers. Quant à Menna, il avait été autorisé à regagner les barques pour ordonner aux combattants du pharaon de ne pas intervenir. Les captifs avaient été conduits dans la salle du trône du palais de la reine Miou. Cette dernière leur avait alors appris que, durant la nuit qui avait précédé leur arrivée, son fils avait été enlevé. Elle avait aussi dit qu'un messager dépêché par ses ennemis, les serviteurs du dieu du feu, lui avait affirmé que des barques naviguaient en direction de l'île et qu'un personnage appelé «enfant-lion» faisait partie des équipages de ces navires. Pour conclure, l'envoyé avait déclaré à Miou que, si elle tenait à revoir son fils vivant, elle devrait livrer l'enfant-lion aux serviteurs du dieu du feu.

Grâce à la capacité qu'il avait de voyager en esprit, Merab avait pu assister à cette rencontre. En écoutant la reine discourir devant ses captifs, le sorcier de Seth avait soudainement réalisé que le piège qu'il avait élaboré était aussi flagrant qu'une éclaboussure de sang de bœuf sur une toile de lin blanc. Durant quelques instants, il avait eu la déplaisante certitude que la sorcière d'Horus devinerait qu'il avait été l'artisan de l'enlèvement du prince. Pourtant, Sia ne s'était doutée de rien. Elle avait négligemment laissé Leonis révéler à la reine Miou qu'il était l'enfant-lion dont avait parlé le messager. Le lendemain, le sauveur de l'Empire s'était livré aux serviteurs du dieu du feu. Merab était là pour le recevoir.

Le vieillard ne pouvait s'empêcher de glousser en songeant à la détresse qui s'était emparée de Leonis quand ce misérable l'avait reconnu. Cette détresse s'était vite muée en terreur lorsque l'adolescent avait pu mesurer toute l'atrocité de l'épreuve que lui réservait le maléfique personnage. Avant que Sia ne dotât l'enfant-lion d'un bouclier magique, Merab avait eu amplement le temps de sonder son âme. Il avait pu constater, non sans surprise, que celui que Rê avait désigné pour sauver le royaume d'Égypte était un être au cœur tendre et à l'assurance fragile. Certes, Leonis ne manquait pas de courage, mais il tremblait à la seule idée de causer du tort à son prochain; s'il lui avait fallu tuer le plus sordide des assassins pour assurer la survie de tout un peuple, il eût probablement été incapable de le faire. Dans l'enceinte naturelle du temple des serviteurs du dieu du feu, Merab avait contraint l'enfant-lion à prendre une décision déchirante. Dans l'un des plateaux d'une balance installée au-dessus d'un gouffre se trouvait le coffre d'or qui représentait l'achèvement de la quête cruciale de l'élu. Dans l'autre plateau, le sorcier avait déposé le nouveau-né de la reine Miou. En s'emparant du coffre, Leonis eût sacrifié la vie de l'enfant. Le vieil envoûteur avait imaginé son cruel dispositif en sachant pertinemment que, soumis à un tel choix, le sauveur de l'Empire renoncerait à son important devoir.

Comme de juste, Leonis avait sauvé la vie du fils de la reine des Oubliés. Le coffre avait sombré dans le ventre ardent de la montagne de feu. Ensuite, Merab avait présenté au sauveur déchu un personnage qu'il connaissait fort bien. Il s'agissait de Hapsout, l'abominable et stupide ancien contremaître de l'atelier aux ornements du chantier du palais d'Esa. À l'époque où Leonis besognait comme esclave, Hapsout nourrissait déjà une profonde aversion pour lui. Sa haine avait décuplé lorsque l'enfant-lion, peu de temps après qu'il se fut évadé du chantier, était revenu en compagnie du vizir dans le but d'humilier le triste individu devant les ouvriers. Ce jour-là, Hapsout avait été démis de ses prestigieuses fonctions. Comme un vulgaire chien affamé rôdant trop près d'un troupeau de chèvres, il avait été chassé du chantier par une pluie de cailloux. La brute que Leonis avait dû affronter sur l'Île des Oubliés avait subi une saisissante métamorphose. Le sorcier de Seth s'était servi de sa magie et, notamment, de l'impérieux désir de vengeance qu'éprouvait l'homme pour faire de lui un monstre implacable et assoiffé de sang. Bien entendu, la première victime du redoutable prédateur devait être l'enfant-lion. Lorsque la créature s'était précipitée sur l'objet de sa haine, Merab et les adorateurs d'Apophis se dirigeaient vers la sortie de l'enceinte du temple. Toutefois, les pouvoirs surnaturels de l'envoûteur lui avaient permis de ne rien manquer du combat qui s'était déroulé devant le regard terrorisé des serviteurs du dieu du feu. D'un coup de coude maladroit mais néanmoins puissant, Hapsout avait percuté le flanc de sa proie. Ce seul choc avait suffi à blesser grièvement Leonis. Quatre de ses côtes avaient été fracturées. L'une d'entre elles avait déchiré son poumon droit avec l'aisance d'une lame de poignard. Si l'un des faucons de Sia n'était pas intervenu en s'agrippant au visage de la créature de Merab, celle-ci eût assurément achevé sa besogne. Hapsout s'était vite débarrassé de l'oiseau, mais ce bref répit avait permis à son adversaire de se transformer en lion blanc. Leonis s'était montré rusé. Il avait entraîné Hapsout au bord de la crevasse qui s'ouvrait au centre de la vaste enceinte. Le monstre n'avait qu'une faiblesse : il était dépourvu de lucidité. Il n'avait donc aucune conscience du danger qu'il courait en se tenant à quelques coudées du gouffre. Le lion avait bondi sur lui. Hapsout avait été précipité dans le vide. Son corps, rapidement transformé en torche, s'était désintégré en touchant la nappe rougeoyante qui bouillonnait en contrebas.

La mort de la créature avait à peine contrarié Merab pour la bonne raison que, sur l'Île des Oubliés, il avait obtenu ce qu'il voulait. L'enfant-lion avait été mis hors de combat. Malgré ses facultés de guérisseuse, la sorcière d'Horus ne pourrait sans doute pas lui sauver la vie. De toute manière, la survie de Leonis n'eût rien pu changer à la situation. Les trois derniers joyaux de la table solaire étaient entre les mains de Merab. Personne d'autre que lui n'était au courant de ce fait. Sur l'île, il avait discrètement ouvert le coffre doré pour s'emparer de son précieux contenu. Cette délicate opération avait duré des heures. Le vieillard s'était retiré dans un couloir de la grotte qu'il occupait avec les combattants qui l'avaient accompagné là-bas. C'était la nuit, et il avait ordonné à ceux qui ne dormaient pas de le laisser seul. Merab ne disposait que d'un outillage sommaire qui convenait peu à la minutieuse tâche qu'il venait de décider d'entreprendre. L'aube approchait lorsqu'il avait enfin terminé de ressouder le couvercle sur le coffre vide. Le résultat était à mille lieues d'être parfait, mais il fallait examiner l'objet avec beaucoup d'attention pour pouvoir déceler la super-cherie. Évidemment, Leonis ne devait pas jouir d'une telle occasion.

Avant de découvrir le coffre, le vieil envoûteur n'avait pas songé à la possibilité de conserver les joyaux. Il se moquait bien de les voir disparaître. D'autant que, si les trois derniers éléments de l'offrande suprême s'étaient enfoncés dans la roche en fusion, ils eussent été perdus à tout jamais. De manière à mettre une fois pour toutes les joyaux hors de la portée des mortels, Merab avait initia-lement jugé plus prudent de s'en débarrasser en même temps que du coffre. Mais, durant la soirée qui avait précédé l'arrivée de Leonis sur l'Île des Oubliés, le sorcier avait eu la vague intuition qu'il lui était interdit de commettre un tel geste. Il avait donc changé d'avis et, après mûre réflexion, il éprouvait maintenant la vive certitude qu'il avait eu raison d'agir ainsi. En lui confiant sa mission, Seth avait affirmé au vieillard qu'il pourrait éliminer le sauveur de l'Empire sans avoir à craindre le châtiment des divinités. Mais le dieu du chaos n'avait rien dit au sujet des joyaux. Après tout, ces divins objets n'étaient-ils pas l'œuvre de Rê? Pouvait-on s'en départir aussi grossièrement sans provoquer la colère de leur créateur? Comment le savoir? Rê venait de condamner Seth à un siècle de réclusion dans son propre domaine. Merab ne pouvait donc plus bénéficier des conseils ni de la protection de celui qui, bien longtemps auparavant, lui avait offert l'immortalité. Les joyaux de la table solaire étaient issus de la puissance divine. Le sorcier avait donc décidé de laisser à un dieu le soin d'en disposer. Dans peu de temps, Merab se mettrait en route pour rejoindre le tueur de la lumière au cœur de ses cauche-mardesques Dunes sanglantes. Il lui livrerait les rutilantes effigies du babouin, du vautour et du cobra. Du même coup, il apporterait à son impétueux maître la preuve de son éclatant triomphe.

Merab somnolait lorsque la silhouette de Baka s'encadra dans l'entrée de sa tanière. Le chef des adorateurs d'Apophis toussota à quelques reprises afin d'attirer l'attention de l'occupant des lieux. Le vieillard sursauta et leva la tête pour considérer le nouveau venu d'un air légèrement ahuri. Baka demanda :

— Puis-je entrer, sorcier ?

D'un geste de la main, Merab convia le maître à venir s'asseoir près de lui. Le visiteur obtempéra. L'envoûteur le fixa longuement en affichant un sourire indéfinissable. Baka baissa les yeux. Il se racla la gorge et déclara :

— Pardonne-moi de te déranger, sorcier. Je n'en pouvais plus d'attendre que tu daignes enfin me rencontrer. J'ai interrogé mes hommes, mais ils avaient bien peu de renseignements à me donner sur ce qui s'est passé sur l'île. À ton arrivée, tu m'as fait savoir que l'expédition s'était déroulée selon tes plans. La quête du sauveur de l'Empire serait-elle compromise ?

L'envoûteur émit un rire rauque. Il porta son index à la commissure de ses lèvres et il fit mine de se plonger dans une intense réflexion avant de répondre :

— Je ne dirais pas que la quête de Leonis est compromise, mon cher. Je dirais plutôt qu'elle a échoué. L'Empire est perdu, Baka. L'offrande suprême ne sera jamais livrée à Rê. En outre, l'enfant-lion est mourant. Il a pu regagner Memphis, mais il ne survivra pas aux terribles blessures que Hapsout lui a infligées.

Le chef des adorateurs d'Apophis ferma les paupières. Son visage se crispa. Durant quelques instants, on eût dit que la nouvelle l'affligeait. Puis sa bouche se distendit dans un large sourire. Sa paume claqua sur sa cuisse. Lorsqu'il ouvrit les yeux, son visage était hilare. Il éclata d'un puissant rire qui se prolongea jusqu'aux larmes. Le sorcier dut attendre que son visiteur se calmât avant de reprendre :

— Pour tout te dire, il se peut même que Leonis soit déjà mort. La sorcière d'Horus a veillé à le faire transporter au temple de Rê de Memphis. Bien sûr, elle a cerné ce lieu de culte d'un bouclier magique qui m'empêche d'y pénétrer en esprit. De même, je n'ai pas pu suivre les barques très longtemps après leur départ de l'île. J'ai réussi à piéger l'enfant-lion parce que je suis parvenu à prendre ma vieille ennemie par surprise. Mais, après avoir constaté ma présence, Sia a fait en sorte de protéger les embarcations et les soldats du roi. J'ai pu les observer durant une heure ou deux. Par la suite, j'ai dû employer mon esprit à d'autres occupations. Nos navires ont quitté l'île durant la nuit qui a suivi le départ des barques royales. J'ai appris que Leonis était toujours vivant en sondant les pensées du pharaon. Heureusement, pour éviter de faire outrage au dieu-soleil, ton cousin a refusé de se soumettre à la magie d'une sorcière. Quel imbécile! Ces scrupules font de lui une mine de renseignements pour ses ennemis. Les avertissements de Sia ont légèrement ébranlé sa foi, mais il persiste à croire que Rê le protégera de ma magie.

— Ainsi, intervint Baka, il te suffirait de sonder de nouveau les pensées de Mykérinos pour savoir si le sauveur de l'Empire est mort...

— Oui, acquiesça Merab. Seulement, ce soir, je me sens las. Le voyage m'a totalement épuisé. La magie requiert beaucoup d'énergie. Demain, je serai assez reposé pour utiliser mes pouvoirs... Il n'y a plus rien à craindre, Baka. L'Empire n'a plus de sauveur. Tu pourras désormais proclamer ta victoire dans l'arène du Temple des Ténèbres.

— Ma victoire, répéta le maître d'une voix éteinte. Après tous les efforts que j'ai déployés pour atteindre ce but, j'ose à peine croire que tout cela soit enfin terminé... Il n'y a plus de sauveur de l'Empire. Mais qu'en est-il du coffre qui était censé se trouver sur l'île? Es-tu parvenu à le retrouver, vieillard?

— En effet, Baka. Le coffre était bel et bien dissimulé sur l'île. À présent, il n'existe plus. Les trois derniers joyaux de la table solaire ont disparu avec lui. Notre réussite est absolue. Il ne nous reste plus qu'à célébrer le triomphe des forces du mal.

Le maître des adorateurs d'Apophis demeura silencieux. Il avait la fixité d'une statue. Des larmes de bonheur ruisselaient sur ses joues.

6
LA PROMESSE
DE SIA

Le corps de Leonis reposait sur une civière faite de joncs tressés et de bois de sycomore. Afin de le préserver d'une éventuelle chute, on l'avait garrotté à l'aide de cordes de papyrus. La sorcière d'Horus et le grand prêtre Ankhhaef étaient parvenus à sortir des dortoirs sans croiser personne. Après sa rencontre avec Sia, l'homme de culte avait songé à un plan pour faciliter leur fuite. Il avait rencontré le grand prêtre Anen qui, durant les nombreuses absences du seigneur des lieux, assurait sa relève pour présider les cérémonies. Ankhhaef avait alors annoncé à son remplaçant qu'il devait quitter le temple pour quelques jours. Il l'avait ensuite exhorté à réunir, le soir même, tous les prêtres dans la cour de culte pour consacrer une nuit entière d'hymnes et de prières au dieu-soleil.

L'annonce de cette veille impromptue n'avait guère étonné Anen; en tant que membre influent du clergé, le noble personnage n'ignorait rien des périls qui guettaient l'Empire. Plus que jamais, Rê devait entendre les appels de ses serviteurs. Anen avait donc acquiescé sans broncher à la requête de son supérieur qui était aussi son vieil ami.

Profitant de l'obscurité, Ankhhaef et Sia avaient discrètement franchi la faible distance qui les séparait du mur d'enceinte. Au milieu de la cour, à cent coudées du bâtiment qu'ils venaient de quitter, des flambeaux brûlaient. Dans l'éclairage mouvant des flammes, les prêtres du temple de Rê formaient une haie circulaire, solennelle et immobile. Leurs voix conjuguées emplissaient l'air d'un chant de gorge plaintif. Un frisson avait parcouru l'échine d'Ankhhaef. Ses mains moites serraient fermement les brancards de bois lisse. Il abandonnait son temple. Le grand prêtre et l'enchanteresse avaient ensuite gagné une porte étroite qui s'ouvrait dans le mur d'enceinte. Cette porte, éclairée par une paire de torches chétives et fumeuses, était gardée à l'extérieur par une seule sentinelle, un très jeune homme qui, en reconnaissant Ankhhaef, s'était montré fort impressionné. Il avait posé les yeux sur la civière. Un drap blanc recouvrait entièrement Leonis. La respiration oppressée du blessé grésillait comme de l'huile sur des braises. Bouche bée, le garde avait froncé les sourcils. Ankhhaef avait cru bon de lui expliquer :

— Ce malheureux est un artisan du temple. Il est très malade et je dois le conduire sans tarder auprès des médecins de Pharaon. La femme qui m'accompagne est son épouse.

D'une voix chevrotante, la sentinelle avait demandé :

— Puis-je vous offrir mon aide, père divin ?

— Non, avait répondu le grand prêtre, il vaut mieux que tu restes à ton poste.

Bien sûr, l'éminent personnage n'avait pas eu à donner davantage d'explications. Le jeune homme l'avait salué avec un zèle presque grotesque. Ankhhaef et Sia s'étaient ensuite enfoncés dans la nuit pour aller rejoindre Montu et Menna qui les attendaient non loin de là. Les jeunes gens s'étaient aussitôt emparés de la civière. Le temple de Rê étant situé à l'extérieur de l'enceinte de la cité, les compagnons de l'enfant-lion n'avaient pas eu à franchir les portails hautement surveillés de Memphis. Ils avaient suivi un sentier rectiligne qui plongeait dans la vallée.

La lune pleine et les étoiles qui émaillaient le ciel leur avaient permis d'orienter leurs pas. La crue n'avait débuté qu'un mois plus tôt. Les eaux du Nil n'inondaient donc pas encore les terres reculées. Malgré tout, une entêtante odeur de limon flottait dans l'air. Après une heure de marche, le groupe avait quitté la route pour fouler le sol plat et dur des derniers champs arides. Leur progression vers le désert avait duré encore une heure. En dépit du long trajet qu'ils avaient eu à parcourir, Montu et Menna n'avaient jamais demandé à être remplacés et avaient refusé chaque fois que Sia et Ankhhaef leur avaient proposé leur aide. Les fidèles amis de Leonis avaient vaillamment transporté sa civière d'un pas soutenu et, même lorsque le terrain était devenu plus escarpé, en aucun temps ils n'avaient formulé le désir de s'octroyer un répit.

Obéissant à la demande de Sia, Menna et Montu venaient de déposer la civière sur le sol sablonneux, à l'abri d'un rocher qui préserverait le blessé du vent léger et froid soufflant cette nuit-là. Depuis leur départ du temple, les membres du quatuor n'avaient échangé que de brèves paroles. Une fois qu'ils eurent atteint leur destination, ce silence se prolongea un moment. Menna alluma une torche qu'il planta dans le sable. Ensuite, il remua longuement ses doigts gourds et endoloris. Montu se massait les reins en émettant de petits râles de délectation. Le grand prêtre Ankhhaef était visiblement bouleversé. Ses yeux hagards étaient tournés vers l'orient. La grande cité de Memphis disparaissait derrière un mur de ténèbres. La sorcière d'Horus posa une main délicate sur l'épaule de l'homme de culte. Avec douceur, elle déclara :

— Vous avez fait ce qu'il fallait, noble Ankhhaef.

— J'espère de tout mon cœur que l'avenir justifiera mes actes, Sia.

— Si vos actes ne sont pas justifiés sur cette terre, grand prêtre, ils le seront assurément devant le tribunal des Morts.

L'homme hocha la tête à plusieurs reprises. Ses lèvres esquissèrent un faible sourire et il tapota l'avant-bras de l'enchanteresse pour lui signifier qu'il partageait ses réflexions. La voix de Menna s'éleva derrière eux :

— Aurez-vous la force de vous remettre en route rapidement, grand prêtre Ankhhaef ?

— Bien sûr, Menna ! s'exclama l'homme en pouffant. Mes jambes ont au moins trente années de plus que les tiennes, mais, tout de même, ce ne sont pas encore tout à fait celles d'un vieillard !

Le combattant accueillit la réplique avec un rire franc, puis il se retourna pour poser son regard sur Montu qui était maintenant agenouillé à côté du blessé. Menna se racla la gorge. Un voile de tristesse vint soudainement assombrir ses traits. Il serra les poings et il s'éloigna un peu afin de laisser l'adolescent profiter d'un dernier moment d'intimité en compagnie de son grand ami. Montu avait soulevé la couverture pour dévoiler le visage blême et détendu de l'enfant-lion. Dans la lueur vacillante de la torche, ce masque immobile donnait l'impression de s'animer. D'une main tremblante, Montu caressa les cheveux du mourant. Il pleurait, mais sa figure était sereine. Après quelques instants de contemplation muette, il murmura :

— Je dois te quitter, Leonis. Le peuple de Sia prendra soin de toi… Tu ne vas pas mourir ; ton histoire ne peut pas se terminer ainsi… Raya et Mérit veilleront sur ta chère petite sœur… Je pars rejoindre les combattants du lion. J'espère que tu seras à mes côtés lorsque nous attaquerons les adorateurs d'Apophis. Sinon tu seras dans mon cœur… Au revoir, mon ami. Au revoir, mon frère.

Montu essuya ses yeux mouillés avec un coin du drap blanc qui recouvrait l'enfant-lion. Il renifla, soupira et se leva. Il prit ensuite quelques profondes inspirations dans le but d'atténuer la brûlure qui le rongeait de l'intérieur. La tentative fut inutile; le chagrin était tapi en lui comme une petite bête encombrante, agitée et griffue qu'il lui faudrait vraisemblablement apprivoiser. L'adolescent balaya l'air de la main. Il se mordit les lèvres et parvint à maîtriser un autre accès de tristesse. Lorsqu'il retrouva ses compagnons, une détermination farouche se lisait sur sa figure. Sans rien dire, il plongea les yeux dans ceux de Sia. Durant un moment, la sorcière d'Horus soutint son regard. Puis, en s'adressant au groupe, elle affirma avec gravité:

— Leonis va s'en tirer, mes amis. Le plus difficile pour moi était d'obtenir à nouveau votre confiance. La survie de l'enfant-lion dépendait de votre décision. Vous avez accepté de le transporter jusqu'ici. Au risque de tout perdre, le grand prêtre Ankhhaef a veillé à faciliter notre fuite. Cette nuit, vous me confiez un être que vous aimez du fond du cœur. Ma responsabilité est lourde, mais je ne tremble pas. Je sais que nous reverrons Leonis.

— Quand aurons-nous cette joie, Sia? demanda Ankhhaef. Menna et Montu sont au courant de ton plan. En ce qui me concerne, j'évolue dans l'obscurité la plus complète. Ne pourrais-tu pas m'éclairer un peu sur ce que tu comptes faire? Utiliseras-tu ta magie? Pourquoi le désert? Cette étendue stérile posséderait-elle des vertus salutaires que les savants du royaume ne soupçonnent pas?

— Il m'est malheureusement impossible de satisfaire votre curiosité, grand prêtre. Je peux toutefois vous assurer que, dans peu de temps, la vie de Leonis ne sera plus en danger. Mais sa guérison sera longue. À mon avis, quand l'enfant-lion aura entièrement recouvré ses forces, plusieurs mois se seront écoulés. Dans quelques jours, je vous retrouverai dans le Fayoum. Leonis ne sera pas avec moi. Son absence ne devra pas vous inquiéter, Ankhhaef. Tout ira bien pour lui. Je vous le promets.

Montu dodelina du chef. En fixant le sol, il fit remarquer:

— Ce matin, Sia, tu nous as simplement annoncé que Leonis aurait une chance d'échapper à la mort. À présent, tu nous promets qu'il survivra. D'où t'est venue cette certitude?

— J'avais déjà cette conviction, mon brave Montu. Mais, après ce qui s'est passé sur l'Île des Oubliés, comment aurais-je bien pu oser vous promettre quoi que ce soit? Je connaissais vos pensées. Vous doutiez de moi et vos doutes étaient légitimes. Cela dit, je n'avais pas l'intention d'agir contre votre gré. Or, même si je savais que je risquais d'essuyer un refus, j'estimais que la décision de sortir Leonis du temple de Rê devait incomber à Menna. Maintenant que vous avez acquiescé à ma demande, vous conviendrez que je n'ai aucune raison de vous mentir. La promesse que je vous fais sera tenue, mes amis. Avant de vous voir partir pour le Fayoum, je désirais transformer votre espoir en certitude.

Menna posa ses paumes sur les épaules de la sorcière. D'une voix chargée d'émotion, il dit :

— Je sais que tu feras tout ce que tu pourras pour sauver notre ami, Sia. Je dois aussi t'avouer que je regrette d'avoir été si sévère avec toi. Tes paroles me réconfortent, et je suis certain qu'elles réconfortent également Montu et Ankhhaef. Il est vrai que tu n'as aucune raison de nous mentir. Je peux constater que tu crois fermement que l'enfant-lion aura la vie sauve. Mais il te faut considérer que certaines choses sont dures à admettre pour nous. Les meilleurs médecins d'Égypte ont affirmé que Leonis ne survivrait pas. En regardant notre ami, il est difficile de contester leur jugement… Depuis que tu t'es alliée à nous, tu nous as fait voir de nombreux prodiges. Seulement, tu dois comprendre que, pour le moment, nous devons nous contenter d'espérer. La certitude viendra lorsque Leonis sera de nouveau parmi nous… Du reste, quoi qu'il arrive, je veux que tu saches que ta présence à nos côtés est plus que jamais nécessaire. Même si Merab est beaucoup plus fort que toi, tu demeures le seul être susceptible de contrer sa magie.

La sorcière d'Horus eut un sourire reconnaissant. Elle passa ses doigts dans sa longue chevelure avant d'annoncer:

— Je ne vous abandonnerai pas, Menna. Je suis heureuse de t'entendre dire que tu ne m'en veux plus… Il vaudrait mieux que vous partiez, maintenant. La lune est déjà haute.

— Tu dis vrai, Sia, soupira le combattant en observant le ciel. Nous avons un long chemin à parcourir. Je retournerai à Memphis dans huit jours. J'imagine que, d'ici là, le palais royal ressemblera à une ruche. Je dois m'attendre à ce qu'on m'interroge scrupuleusement. On soupçonnera probablement mon implication dans la disparition du sauveur de l'Empire. Je serai sans doute obligé de convaincre Pharaon de mon innocence. Bien entendu, Ankhhaef, vous partagerez avec Sia la responsabilité de l'enlèvement de Leonis, mais n'ayez crainte, car, là où nous allons, personne ne pourra vous retrouver.

7
LA PART
DES ANCIENS

Après le départ de ses compagnons, la sorcière d'Horus s'était couchée contre Leonis afin de le préserver du froid. La femme était anxieuse. Son cœur battait à tout rompre. Après plus de deux siècles d'exil, elle était sur le point de revoir quelques-uns de ses semblables. Cinq jours auparavant, tandis que les barques royales naviguaient toujours sur la grande mer, Sia avait été contrainte d'admettre que, compte tenu des piètres moyens dont elle disposait sur la terre des pharaons, elle serait incapable de sauver l'enfant-lion. Depuis que l'expédition avait quitté l'île, l'enchanteresse n'avait pas fermé l'œil. L'état du blessé avait nécessité une surveillance et une concentration constantes. Grâce à sa magie, Sia était parvenue à ralentir la progression du mal. Mais, pour que son intervention fût vraiment efficace, il eût été primordial qu'elle ouvrît la poitrine de Leonis pour retirer le bout d'os acéré qui avait pénétré profondément dans son poumon. Elle n'eût pu faire une chose pareille. Tout d'abord, l'environnement n'eût guère convenu à une telle opération ; la plaie du mourant se fût infectée et sa mort eût rapidement suivi. En outre, comment Sia eût-elle pu justifier une aussi sanglante besogne ? Comparée à celle de son peuple, la science des mortels était dérisoire. Si elle avait osé entailler la chair du sauveur de l'Empire, on eût à coup sûr songé qu'elle voulait l'achever. La sorcière avait donc mis toutes ses énergies à stabiliser l'état de l'agonisant. Elle savait toutefois que, malgré ses facultés exceptionnelles, la mort finirait vite par avoir le dessus.

Au comble du désespoir, l'enchanteresse avait établi un contact mental avec sa mère, Maïa-Hor. Seul son peuple pouvait encore assurer la survie de l'enfant-lion. Sia savait que les Anciens se montreraient peu enclins à exaucer son vœu. Leurs lois ne leur permettaient pas d'intervenir dans l'existence des mortels. Au mépris de cette certitude, la sorcière d'Horus s'était entêtée. Elle disposait d'ailleurs d'un argument que les siens ne pouvaient faire autrement que de considérer : le sauveur de l'Empire avait été terrassé par le maléfique sorcier Merab. Le vieil envoûteur avait jadis découvert le secret de l'immortalité en puisant dans le savoir des Anciens. Ces derniers avaient donc eu une large part de responsabilité dans les événements qui s'étaient déroulés sur l'Île des Oubliés. Sans eux, Merab serait mort depuis des siècles et, si le vil personnage ne s'était pas mêlé de la quête des douze joyaux, le sauveur de l'empire d'Égypte eût assurément pu livrer l'offrande suprême au dieu-soleil. Maïa-Hor avait exprimé les pensées de sa fille devant le Grand Conseil des Anciens. En prenant conscience de la justesse du raisonnement de Sia, les membres de la vénérable assemblée n'avaient pas eu d'autre choix que d'accéder à sa requête. Cette réponse était venue à l'aube du jour précédent. Étant donné qu'ils avaient la capacité de voyager très vite, les Anciens avaient invité la sorcière d'Horus à rallier le désert à la nuit tombée. L'enchanteresse avait donc dû s'empresser d'organiser l'enlèvement de l'enfant-lion. Elle avait réussi. Sa satis-faction était vive, mais pas autant que l'était sa fatigue...

Ayant succombé à son épuisement, la sorcière dormait à poings fermés lorsqu'une main délicate et douce comme un pétale de lis d'eau lui caressa la joue. Sia ouvrit les paupières. La torche allumée par Menna quelques heures auparavant achevait de se consumer sous la coiffe d'une flamme précaire qui grésillait. Malgré son regard embrumé de sommeil, la femme reconnut d'emblée la figure penchée sur elle. Dans un murmure éraillé, elle demanda :

— Mère… Est-ce bien toi, mère ? Dis-moi que je ne rêve pas.

— Tu ne rêves pas, ma très chère fille. Comme il est bon de te revoir !

La sorcière Maïa-Hor était agenouillée sur le sable. Elle ouvrit les bras. Sia se redressa légèrement pour s'y blottir. La mère étreignit sa fille, et elle déposa quelques baisers fiévreux sur sa tête. Sia fondit en larmes. Maïa-Hor fit de même. Étranglées par les sanglots, elles furent incapables d'échanger une seule parole. Derrière elles, une douzaine de témoins silencieux assistaient à cette émouvante scène. Après une longue étreinte, les deux femmes se mirent debout en s'appuyant l'une sur l'autre. Maïa-Hor portait une robe noire et moulante qui n'évoquait en rien les vêtements égyptiens. Elle était taillée dans un tissu qui semblait très souple. Cette étoffe luisait doucement comme de l'encre humide. Sia et sa mère se ressemblaient beaucoup. Maïa-Hor était pourtant née plusieurs siècles avant sa fille. Mais, puisque ces deux enchanteresses du temple d'Horus avaient décidé de devenir immortelles avant d'avoir atteint l'âge de trente ans, on eût dit qu'elles avaient occupé le berceau à quelques années seulement d'intervalle.

Sia balaya le sable qui adhérait à sa modeste robe de lin grisâtre. Elle frotta ses paumes l'une contre l'autre avant de s'essuyer les yeux. Elle tourna ensuite son regard vers le groupe qui avait accompagné sa mère. Lorsqu'elle reconnut la plupart des gens qui se trouvaient là, sa bouche charnue se courba dans un sourire enfantin. Elle s'approcha d'eux pour les saluer avec chaleur. Ceux qui lui étaient étrangers se présentèrent à elle. Pendant que Sia parlait avec les siens, Maïa-Hor se pencha sur Leonis. Elle plaqua ses paumes sur la poitrine du blessé et se concentra longuement pour évaluer l'étendue du mal qui l'affligeait. Une fois son examen terminé, elle se leva pour aller rejoindre sa fille qui l'observait avec attention. Maïa-Hor fit la moue avant de déclarer:

— Ce malheureux est beaucoup plus près du royaume des Morts que du monde des vivants. Son poumon droit est presque irrécupérable. Son foie est également très mal en point. À mon avis, il ne lui restait pas plus de deux jours à vivre.

— Je ne le sais que trop bien, soupira Sia. J'ai fait ce que j'ai pu. J'espérais de toutes mes forces que la décision du Grand Conseil me serait favorable.

— Le contraire aurait été injuste, ma fille. Notre négligence a permis au maléfique Merab de profiter de quelques fragments de notre science. Par malheur, des tables révélant le secret de la vie éternelle se trouvaient parmi les rares choses que les Anciens ont autrefois oubliées sur la terre d'Égypte. L'envoûteur les a retrouvées. Maudit soit le jour où cet homme est né ! Ce vieux sorcier achevait de vivre lorsqu'il a découvert notre secret. Sans nous, il n'aurait jamais su comment invoquer les dieux pour devenir immortel. Seth a répondu à son appel. Depuis ce temps, nous n'avons eu qu'une occasion d'éliminer Merab…

— En effet, dit Sia en baissant les yeux. Et j'ai gâché cette occasion. Merab m'a emprisonnée dans les Dunes sanglantes. Il a tué mon fils. Chery était le seul être qui aurait pu se mesurer à lui… Il l'a tué… Je…

— Tu ne dois pas te sentir coupable, Sia. Tu t'es jadis soumise aux exigences d'Horus. Tu as dû abandonner notre monde paisible pour t'établir sur une terre barbare et imbibée du sang de la guerre. Tu as rencontré Harkhouf, le grand prêtre d'Hieracônpolis, et tu as dû épouser cet homme pour respecter la volonté du dieu-faucon. Chery est né de cette union. Durant ces années que tu as passées dans la vallée du Nil, tu as toujours su te montrer prudente. Nous ne pouvons rien prouver, mais il est évident que Seth a informé son sorcier de la naissance de Chery. Sans cela, ton fils aurait atteint l'âge où tu aurais pu tout lui révéler au sujet des puissantes facultés qui sommeillaient en son sein. Il serait devenu un sorcier bénéfique. Ses pouvoirs auraient nettement surpassé ceux du vil Merab… Tu ne peux être tenue pour responsable de cet échec, ma chère fille. Tu as déjà tant souffert… Il est temps de rentrer, maintenant. Une belle surprise t'attend dans notre monde.

— Je n'ai pas l'intention de regagner notre monde, mère.

Sia avait laissé tomber ces mots d'un ton péremptoire. Comme sous l'effet d'une gifle, Maïa-Hor fit un bond en arrière. Les témoins firent entendre quelques murmures désapprobateurs. Sia plaqua ses mains sur ses hanches et leva le nez au ciel pour bien montrer qu'elle ne comptait pas revenir sur sa décision. Maïa-Hor la fixait d'un air consterné. Elle balbutia :

— Tu… tu n'as aucune raison de demeurer ici, Sia. Les… les membres du Grand Conseil ont d'ailleurs été fort contrariés de constater que, malgré ta libération, tu t'entêtais à rester parmi les mortels…

— J'ai pourtant espéré qu'ils comprendraient la situation, mère. Je dois ma délivrance au sauveur de l'Empire et à ses compagnons. Ces jeunes gens ont risqué leur vie pour venir à mon secours. Je ne les abandonnerai pas. Merab est toujours là. J'ai le devoir de m'opposer à lui.

— Tu n'es pas assez forte pour te mesurer à ce sorcier, Sia. Tu as déjà fait beaucoup de choses pour aider le sauveur de l'Empire. Ta dette est payée, maintenant. La quête de Leonis a échoué. Désormais, ce qui surviendra en ce monde sera le lot des hommes et la volonté des dieux. Les Anciens doivent rester à l'écart de tout cela. Je te préviens, Sia, que le Grand Conseil ne pourra certainement pas tolérer de te voir intervenir davantage dans le destin des mortels. Tu pourrais même être condamnée à passer quelques mois dans une sphère temporelle…

— Ce châtiment ne m'effraie pas, mère. Durant deux siècles, j'ai été emprisonnée au cœur de l'horrible territoire du dieu du chaos. Peux-tu concevoir ce que représentent deux cents ans de solitude? En outre, le sort que m'a jeté Merab avant de m'abandonner en ce lieu m'a peu à peu transformée en monstre. Même si un séjour dans une sphère temporelle me faisait perdre trente ans, cette punition ne serait rien en comparaison de ce que j'ai vécu dans les Dunes sanglantes. Et puis, à qui dois-je ma délivrance ? Certainement pas aux Anciens. Si tu peux revoir mon visage, mère, c'est grâce au courage de trois mortels. Pendant que je souffrais, mon peuple, lui, n'a rien fait.

Cette fois, des cris indignés s'élevèrent du groupe des Anciens. Maïa-Hor prit sa tête entre ses mains. Ses lèvres se tordirent dans un douloureux rictus. Elle riposta :

— Tes paroles brûlent mon cœur comme un poison, Sia ! Nous avions la certitude que tu étais morte ! Tu ne peux pas l'ignorer ! Tu as beaucoup changé, ma fille. Aurais-tu oublié les enseignements de ton peuple ? J'ai... j'ai l'impression de discuter avec une mortelle.

— Je suis désolée, mère, soupira Sia en inclinant la tête. Mes mots ont dépassé ma pensée... Je fais partie des Anciens. Le savoir et la sagesse de mon peuple sont sans égal. Seulement, malgré notre inestimable science et même si nous connaissons le secret de l'immortalité, nous demeurons aussi humains que le plus modeste des paysans d'Égypte. J'ai autrefois épousé un habitant de cette terre.

J'ai partagé le quotidien des mortels. J'ai connu leur univers fragile où les joies sont souvent beaucoup plus rares que les chagrins. J'ai aussi vu mourir des gens que j'aimais… Je n'ai pas oublié la sagesse des miens, mère… Mais, au fil de mes années d'exil, j'ai dû m'imprégner des mœurs d'un autre peuple. J'ai la prétention de penser qu'aucun Ancien n'aurait pu faire autrement. L'environnement façonne les êtres. Un jour, je te prie de me croire, j'ai vu une femelle guépard qui allaitait une jeune antilope. Je n'ai pu m'expliquer les raisons qui poussaient ce redoutable prédateur à prendre grand soin d'un animal qu'il aurait pourtant dû dévorer… J'évoque le souvenir de cette étrange scène pour te faire comprendre que rien n'est immuable, vénérable Maïa-Hor. Je ne suis qu'un être de chair et de sang. J'ai changé, c'est vrai. Puisque mes paroles t'ont blessée, j'implore ton pardon.

À ce moment, la torche allumée par Menna s'éteignit. La nuit s'achevait. L'éclat des étoiles avait diminué d'intensité. La lune était basse et lointaine. Dans l'obscurité, Maïa-Hor lâcha un profond soupir.

— Mon pardon t'est accordé, Sia, dit-elle. Je n'ai aucun mal à concevoir que ce que tu as vécu t'a transformée. De même, les membres du Grand Conseil comprendront sans nul doute les raisons de ton émotivité. Seulement, tu as le devoir de réintégrer notre monde. C'est la règle.

— Entendez-vous me forcer à vous accompagner?

— Non, ma fille. De nos jours, comme au temps où tu vivais encore parmi nous, notre peuple ne fait presque jamais usage de la force. Le Grand Conseil compte sur le discernement et sur la bonne volonté de tous les individus qu'il représente. Donc, si tu décidais de demeurer ici, nous ne ferions rien pour t'en empêcher. Évidemment, si tu consacrais ta magie à des desseins maléfiques ou encore s'il te prenait l'envie de divulguer nos plus importants secrets aux mortels, nous n'hésiterions pas à utiliser la force contre toi. Je sais que telles ne sont pas tes intentions, Sia. Leonis, Montu et Menna connaissent notre existence, mais, après les épreuves qu'ils ont traversées pour te délivrer du sort de Merab, tu leur devais bien quelques explications. Tu peux refuser de me suivre, ma chère. Mais si tu comptes un jour rallier notre monde, tu dois t'attendre à être punie pour avoir défié nos lois. Je te supplie de bien réfléchir à la décision que tu t'apprêtes à prendre.

Dans le noir et sans trop de tâtonnements, la main de Sia trouva celle de Maïa-Hor.

L'alliée de l'enfant-lion avait pris sa décision. Sa mère le savait. Les deux femmes étaient très émues. Après ces trop brèves retrouvailles, il fallait déjà qu'elles se séparassent. Sia dit à voix basse :

— J'espère te revoir bientôt, mère. Si j'ai un jour la joie de retrouver notre monde, j'accepterai sans broncher la décision du Grand Conseil. Peu importe le châtiment qu'on me réservera, il sera assurément moins amer que la honte que j'éprouverais en abandonnant mes compagnons. Comme tu l'as toi-même mentionné, j'ai déjà beaucoup souffert. J'ai connu les affres de l'exil. Par la suite, mon époux et mon fils sont morts ; et leur abominable assassin m'a condamnée à une réclusion qui n'aurait jamais eu de fin si Leonis et ses braves amis n'étaient pas venus me libérer. J'ai espoir que le Grand Conseil se montrera juste à mon endroit. Car mon implication dans la quête du sauveur de l'Empire émanait d'un plan divin. La déesse Bastet a informé l'enfant-lion de mon existence. Elle voulait que je me joigne à lui dans le but de le protéger de la magie de Merab. Sur le territoire de Seth, Horus lui-même s'est porté à la défense des mortels. La volonté des dieux ne l'emporte-t-elle pas sur nos règles ? De plus, en acceptant de sauver la vie de

Leonis, les membres du Grand Conseil ont reconnu que notre peuple était en quelque sorte responsable des graves blessures qui affligent ce pauvre garçon. Les actes de Merab ont aussi entraîné la perte des trois derniers joyaux de la table solaire. L'offrande suprême ne sera jamais livrée à Rê. Or, nous sommes également responsables de cet échec. Sans les Anciens, l'Égypte n'aurait plus à craindre la fureur du dieu-soleil... Ma dette envers Leonis n'est pas encore acquittée, vénérable Maïa-Hor. La faute que notre peuple a jadis commise n'est toujours pas réparée. Elle ne le sera pas davantage lorsque Leonis aura échappé à la mort. Pour remédier à cette erreur, il faudrait que les Anciens éliminent le maléfique Merab. Il faudrait aussi qu'ils fassent en sorte de convaincre le dieu Rê de renoncer à son châtiment... Malheureusement, je sais qu'une telle chose est impossible.

— Tu as raison, Sia. Tu m'as d'ailleurs déjà transmis toutes ces pensées. Les membres du Grand Conseil sont au courant de tes observations. Ils partagent pleinement ton point de vue. Toutefois, ils jugent qu'il est trop tard pour agir. Tu nous as appris que Mykérinos espérait obtenir le pardon de Rê en anéantissant les adorateurs d'Apophis. Crois-tu réellement à la réussite d'un tel projet? Vous ignorez encore où se cache l'ennemi. En outre, Merab s'est allié à Baka et rien ne dit que votre réussite apaiserait la colère de Rê. Ce plan comporte trop de risques et trop d'incertitudes, ma fille… J'aimerais te confier un secret. Par malheur, il m'est impossible de le faire. Nous savons que Merab a la faculté de faire voyager son âme. Cet ignoble personnage est peut-être parmi nous, en ce moment… Non, ne cherche pas à lire dans mes pensées, Sia; ce secret est tellement important que je dois le soustraire à tes fouilles mentales. Le sorcier de Seth a aussi le pouvoir de sonder les esprits… Comme je te l'ai annoncé plus tôt, une belle surprise t'attend dans notre monde. J'ai la certitude que tu me suivrais si tu savais de quoi il s'agit…

Sia émit un rire cristallin. Elle se jeta maladroitement au cou de sa mère pour plaquer, au jugé, un baiser sur son front. D'un ton joyeux, elle répliqua:

— Tu sais que j'ai toujours adoré les surprises, mère. Je suis cependant capable de résister. Pour le moment, seule la survie de Leonis compte vraiment pour moi.

— Nous le sauverons, assura Maïa-Hor sans gaieté. Dans quelques mois, il sera aussi vigoureux qu'avant… Tu n'ignores pas ce que son séjour dans notre monde signifiera pour lui…

— Je le sais parfaitement, vénérable Maïa-Hor. En outre, je suis certaine que Leonis se conformera à nos règles.

— Il ne pourra pas faire autrement, Sia. Je regrette de n'avoir pas réussi à te convaincre de me suivre. Nous devons maintenant nous quitter. Puissent les dieux te protéger, ma chère fille.

Les deux sorcières d'Horus s'enlacèrent une dernière fois. En silence, elles échangèrent encore quelques tendres pensées sous le ciel nocturne qui se colorait de pourpre.

8
INCOMPRÉHENSION

Maladroitement, le pharaon Mykérinos porta son gobelet d'eau à ses lèvres. Sa main tremblait beaucoup trop. Un peu de liquide coula sur son menton glabre. Un serviteur se hâta de lui tendre un bout d'étoffe. Le roi le repoussa d'un geste impatient. Il déposa ensuite son gobelet sur la table basse devant laquelle il était assis. Son visage était pâle. De l'autre côté de la table, le vizir Hemiounou et le grand prêtre Anen l'observaient avec embarras. Le maître des Deux-Terres ajusta nerveusement son némès[5] imbibé de sueur. Il se racla la gorge avant de dire d'une voix blanche:

— Comment pourrait-on deviner les motifs qui ont poussé Ankhhaef à agir ainsi? Il a sûrement été influencé par la sorcière d'Horus... Savez-vous si Leonis était toujours

---

5. NÉMÈS: NOM DE LA COIFFURE À RAYURES QUE PORTAIT LE PHARAON EN DEHORS DES CÉRÉMONIES.

vivant lorsque le grand prêtre et la guérisseuse ont quitté l'enceinte du temple de Rê?

— Il l'était, l'informa Hemiounou. La sentinelle de l'entrée nord nous a dit que le blessé avait de la difficulté à respirer. Ankhhaef lui a fait croire que Leonis était un artisan du temple. À mon avis, le grand prêtre ne savait pas ce qu'il faisait... Depuis que tu lui as confié le parrainage du sauveur de l'Empire, Ankhhaef a souvent défié ton autorité, Pharaon. Lorsque Leonis a disparu durant des mois dans le but de retrouver la sorcière, il a même osé te mentir...

Anen s'interposa:

— Tu as tout mon respect, vizir Hemiounou. Toutefois, j'estime que tu te montres trop dur envers Ankhhaef. Je le connais bien. Il a partagé mes jeux d'enfance. Servir Rê à ses côtés a toujours été pour moi un immense privilège. Sinon il y aurait longtemps que j'aurais accepté de diriger mon propre temple. Je suis sûr que, peu importe ce qui a traversé l'esprit de mon grand ami, il avait une bonne raison d'agir comme il l'a fait.

Hemiounou posa sur Anen un regard condescendant. En serrant les mâchoires, il demanda:

— Savais-tu que ton éminent confrère croyait à la sorcellerie, Anen?

— Ankhhaef ne m'a jamais rien caché, vizir. Il m'a parlé de la sorcière d'Horus. Il a déjà pu mesurer l'ampleur de ses pouvoirs. Je ne suis pas de ceux qui rejettent aussitôt ce qu'ils ne peuvent pas comprendre. Le clergé n'a jamais contesté l'existence des oracles. Ces phénomènes vont pourtant au-delà de toute logique. D'ailleurs, le mystère qui entoure ces événements n'est-il pas la principale raison pour laquelle nous reconnaissons en eux des messages divins?

Le vizir riposta avec véhémence :

— Nul ne songerait à mettre en doute la nature divine des oracles, Anen! Mais la sorcellerie n'a rien à voir avec les dieux! Le clergé condamne les imposteurs! Les gens qui prétendent utiliser la sorcellerie en sont tous! Sia a prouvé qu'elle était une excellente guérisseuse. Seulement, je suis persuadé que ses succès ne doivent rien à la magie. Ankhhaef a pourtant déjà affirmé qu'elle était une sorcière… À cette époque, Pharaon, il aurait été préférable que nous agissions. Nous aurions mieux fait de confiner Ankhhaef dans son temple. En ce qui concerne Sia, il n'était pas très prudent de lui permettre de pénétrer dans l'enceinte de ce palais…

— Cette décision m'appartenait, Hemiounou, fit remarquer Mykérinos. Tu ne crois pas aux sorciers. De mon côté, jusqu'à tout récemment, ma foi en Rê m'interdisait de croire aux facultés de Sia. Cette femme m'a cependant prouvé qu'elle n'était pas qu'une simple guérisseuse. Je n'avais guère l'intention de t'en parler, vizir. Je n'ai toujours aucun désir de t'entretenir des prodiges que la sorcière d'Horus m'a fait voir. De toute manière, tu douterais de ma parole. Tu dois toutefois savoir que Ma Majesté considère que les pouvoirs de cette enchanteresse sont réels.

Les épaules d'Hemiounou s'affaissèrent. Son teint vira au gris. Il bredouilla :

— Tu… tu admets donc que… que la sorcellerie existe, Pharaon…

— Ce n'est pas précisément ce que j'ai dit, Hemiounou. En vérité, je pense qu'il ne faut pas négliger l'intervention des dieux dans cette histoire. Sia n'est pas une divinité, mais elle est sous le parrainage d'Horus. Le dieu-faucon intervient par sa main. Il en va de même pour le terrible Merab qui est l'instrument de Seth. Tu étais à mes côtés lorsque Menna nous a fait le récit de ce qui s'est passé sur l'Île de Mérou. Douterais-tu de la raison de ce brave et loyal combattant ?

— Non, mon roi, assura le vizir, mais il faut rester réaliste. La créature décrite par

Menna n'était probablement pas aussi redoutable que ce malheureux l'a prétendu... D'ailleurs, nos soldats n'ont pas vu cet être soi-disant invincible... À mon avis, il s'agissait simplement d'un homme qui possédait une force exceptionnelle. Ce genre d'individu existe bel et bien... Le combattant qui a terrassé le sauveur de l'Empire ne devait sans doute pas sa puissance à la magie de Merab. C'était probablement un homme très bien entraîné qui...

Manifestement agacé, Mykérinos fit le geste de chasser une mouche. Hemiounou se tut. Il secoua la tête et ses lèvres esquissèrent une moue indignée. Le maître des Deux-Terres laissa planer un long silence avant d'affirmer :

— Je comprends ta méfiance, Hemiounou. Un homme de ta qualité se doit de posséder un très grand discernement. Depuis que tu occupes tes fonctions, tes décisions ont toujours été profitables pour le royaume d'Égypte. J'ai de tout temps admiré ta vigilance, ton intelligence et ta loyauté. Or, si tu crois que les paroles de ton souverain sont celles d'un fou, tu n'as qu'à le dire tout de suite...

Les traits d'Hemiounou se crispèrent comme sous l'effet d'une cuisante douleur. Il leva un regard anxieux vers le pharaon ; puis, d'une voix étouffée et tremblante, il lança :

— Rê s'exprime par ta bouche, ô mon roi. La vérité est dans chacun de tes mots. Je suis ton serviteur. Tes croyances sont les miennes.

— Alors, il te faut croire aux facultés de Sia, Hemiounou. Tu dois aussi admettre que Merab est un être très dangereux. Pour ce qui est de l'enlèvement du sauveur de l'Empire, je m'interdis d'en tirer des conclusions trop hâtives. Il est vrai qu'Ankhhaef m'a déjà menti et qu'il s'est quelquefois permis d'agir contre ma volonté. Mais, à chacune de ces occasions, n'avons-nous pas été obligés de constater qu'il avait agi pour le bien du royaume? Nous devons convenir que, contrairement à nous, le grand prêtre n'a jamais douté de la réussite de l'enfant-lion. J'ai confié à ce brave homme la tâche de protéger Leonis. Il était prêt à tout sacrifier pour mener à bien cette mission… Puisque ma foi en l'élu des dieux s'est parfois révélée défaillante, Ankhhaef a même dû veiller à le protéger de moi… J'ai été aveugle, messieurs. À présent, j'ignore où se trouve Leonis. J'ai néanmoins la conviction que ce n'est pas la folie qui a conduit le noble Ankhhaef à agir comme il l'a fait. La disparition du sauveur de l'Empire a probablement été organisée par la sorcière d'Horus.

— Tu as raison, Pharaon, concéda le vizir. Le jugement d'Ankhhaef a sans doute été altéré par les manigances de cette femme. L'enchanteresse lui a sûrement fait boire une potion.

— Tu n'as encore rien compris, Hemiounou. Je partage la pensée du grand prêtre Anen : je suis convaincu qu'Ankhhaef et Sia avaient une excellente raison d'enlever l'enfant-lion. Je regrette simplement de n'avoir su mériter leur confiance. Si ma foi en l'élu avait été aussi forte que la leur, ils m'auraient peut-être confié leur secret.

Hemiounou tressaillit. Il allait protester, mais Mykérinos lui décocha un regard cinglant qui le pétrifia. Anen s'inclina avec ferveur. Son front alla presque toucher le bois pâle de la table basse. Figé dans cette position inconfortable, le grand prêtre déclara :

— En partageant mes réflexions, tu me fais un grand honneur, Pharaon. Tu remplis aussi mon cœur de joie. Ankhhaef est le plus dévoué des prêtres d'Égypte. Je suis sûr qu'il t'apportera bientôt des explications qui justifieront ses actes.

— Je l'espère, soupira Mykérinos. En ce moment, Ankhhaef doit déjà se croire jugé et condamné. Ne t'a-t-il rien confié, Anen ?

Le grand prêtre se redressa. Il répondit sans la moindre hésitation :

— Non, Pharaon. Hier, Ankhhaef est venu me rencontrer pour m'ordonner d'organiser une nuit d'hymnes et de prières dans la cour du temple. Il semblait épuisé et fort triste, mais il était ainsi depuis le retour de l'enfant-lion. Bien sûr, en me demandant de réunir tous les prêtres dans la cour de culte, il préparait sa fuite.

— Où se trouve-t-il, maintenant? murmura le roi comme pour lui-même. À quel endroit la sorcière et lui ont-ils transporté ce malheureux Leonis? Dans quel but l'ont-ils fait? Menna et Montu savaient-ils que cet enlèvement aurait lieu? Pour le moment, il est impossible d'interroger ces gaillards, car ils ont rallié le camp des combattants du lion.

— Leonis est peut-être là-bas, avec eux, avança Hemiounou.

— Cela m'étonnerait, dit Mykérinos. Pourquoi Sia et Ankhhaef se seraient-ils donné la peine de transporter un mourant au cœur du Fayoum? Le confort du temple convenait beaucoup mieux à son état. Le mystère dans tout cela, c'est que Leonis n'a aucune chance de survivre à ses blessures. Nos médecins se sont clairement prononcés à ce sujet. De surcroît, la sorcière d'Horus a elle-même confessé qu'elle ne pouvait plus rien faire pour sauver ce pauvre garçon.

Le grand prêtre Anen caressait nerveusement son crâne rasé. La peur se lisait maintenant sur son visage. En remarquant ce changement subit, Mykérinos s'alarma:

— Qu'est-ce qui ne va pas, Anen? Aurais-tu oublié de nous mentionner un détail que tu juges important?

L'homme de culte secoua violemment la tête. Il répondit ensuite:

— Non, Pharaon. Je viens simplement d'avoir une idée épouvantable. Je... je ne sais pas si je dois vous en parler.

— N'hésite pas, grand prêtre, fit le maître des Deux-Terres.

Anen toussota avant de continuer:

— Il y a quelques instants, mon seigneur, tu as dit qu'Ankhhaef était prêt à tout sacrifier pour que Leonis accomplisse sa mission. Il est vrai que le sauveur de l'Empire représentait beaucoup pour lui. Bien entendu, il en allait de même pour nous tous. Mais, pour Ankhhaef, ce garçon était comme un fils... L'échec de la quête des douze joyaux a grandement secoué mon vieil ami. L'imminence de la mort de Leonis a brisé son cœur... Sia a participé à l'enlèvement du blessé, mais rien ne dit que l'idée venait de cette femme...

De nouveau, le prêtre manifesta de l'incertitude. Mykérinos l'encouragea d'un geste prompt de la main. Anen poursuivit:

— Je dois avouer que, depuis que le corps meurtri de Leonis reposait dans les dortoirs du temple de Rê, Ankhhaef donnait l'impression de ne plus croire en rien. Il y a deux jours, il m'a d'ailleurs déclaré que tout était perdu. J'ai tenté de le convaincre que le dieu-soleil entendrait nos prières. Il n'a pas protesté, mais j'ai bien vu que sa foi était fortement ébranlée... Ankhhaef était conscient de son échec. Il était honteux... Il... il a peut-être demandé à Sia de l'aider à transporter Leonis dans un endroit isolé... Il se pourrait qu'Ankhhaef ait lui-même mis un terme aux souffrances de son protégé. Par la suite, il...

Anen n'acheva pas sa phrase. Mykérinos s'enquit:

— Craindrais-tu qu'il se soit enlevé la vie?

L'homme de culte ferma les yeux. Il dodelina lentement du chef et il jeta d'une voix brisée:

— C'est en effet ce que je crains, Pharaon.

9

LES SPHÈRES TEMPORELLES

Lorsque Menna l'avait quitté, il y avait plus d'un mois de cela, le vieux camp militaire voué à l'entraînement des combattants du lion était encore en très mauvais état. Depuis, l'endroit avait subi d'impressionnantes transformations. Le mur de limon qui l'entourait avait été élevé d'au moins trois coudées. Les longues et vétustes habitations qui s'érigeaient en trois rangées compactes au centre de l'enceinte avaient changé d'aspect. À présent, elles semblaient neuves. Ces abris destinés au repos des soldats demeuraient modestes, mais leurs murs de briques crues étaient maintenant parfaitement droits, solides et lisses. Le chaume flétri de leur toit avait été remplacé et, afin de contenir un peu l'assaut vorace des moustiques, on avait doté leurs portes et leurs fenêtres d'écrans de joncs entrelacés. Dans le but d'offrir aux cinq lieutenants de cette armée d'élite des demeures qui convenaient mieux à leur rang, on avait bâti quelques nouvelles maisons à proximité du quartier des combattants. De nombreux arbres avaient été abattus. On avait ensuite extrait les souches du sol plat et craquelé avant de débarrasser la surface de l'enceinte des multiples débris qui l'encombraient. La terre durcie de l'arène était maintenant recouverte de sable fin et roux. Des échafaudages aux formes disparates s'élevaient par endroits. Ces appareils faits de bois et de cordes avaient été conçus pour l'entraînement des guerriers. Une vingtaine de mannequins qui, par dérision, arboraient sur leur poitrine de paille la marque des adorateurs d'Apophis, formaient un alignement de cibles pour les archers. À l'extrémité est du camp, les hommes avaient construit deux petits silos à grain. Avant de quitter Memphis pour être conduit au camp, chaque combattant du lion s'était vu confier la tâche de transporter un lourd sac d'orge. Plus de quatre cents hommes avaient donc contribué à remplir les silos. Des enclos avaient aussi été aménagés. Ils accueilleraient bientôt quelques bœufs, des chèvres et des oies. Tout était déjà prévu pour que ces animaux atteignissent le repaire dans le plus grand secret.

Une heure plus tôt, à bord d'une petite barque, Menna et Montu s'étaient éloignés du camp. Ils avaient ramé en silence dans les dédales inextricables des marécages. Le jeune commandant s'était orienté sans peine et les deux aventuriers foulaient maintenant la terre ferme. En marchant vers le bois de sycomores où la sorcière d'Horus était censée venir les retrouver, Montu étouffa un bâillement avant de déclarer :

— J'espère que Sia aura de bonnes nouvelles à nous donner.

— Je l'espère aussi, dit Menna. Pourvu que tout se soit déroulé comme elle le prévoyait... Tu sembles épuisé, mon vieux Montu. Aurais-tu mal dormi ?

— Je n'ai pas mal dormi, Menna. En fait, je n'ai pas dormi du tout. Ce qui arrive est terrifiant. J'ai tellement peur que Leonis ne revienne jamais... Je pense aussi au grand cataclysme. J'essaie de croire que la mort de Baka arrangera tout, mais, au fond de moi, une petite voix me dit que rien ne pourra empêcher la fin des fins de se produire. Pourquoi les choses ont-elles tourné comme ça ? N'avons-nous pas assez souffert ?

— Je n'ai pas la moindre explication à te donner, mon ami. Cette situation est frustrante. Le sauveur de l'Empire est passé à un cheveu de réussir sa quête. Sans Merab, tout se serait bien terminé. Malheureusement, avant notre arrivée sur l'Île des Oubliés, le vieux sorcier avait mis la main sur le quatrième coffre. Leonis a dû choisir entre les joyaux et le nouveau-né de la reine Miou. Merab savait pertinemment que notre ami serait incapable de sacrifier un enfant…

— D'après toi, Menna, est-ce que Leonis a fait le bon choix? C'est une question horrible, je le sais, mais…

Montu hésita. Les jeunes gens s'immobilisèrent. Ils s'entre-regardèrent un moment et Menna répondit :

— Il est inutile de s'interroger à ce sujet, Montu. Leonis a fait ce que lui commandait son cœur. Il a toujours agi ainsi. Grâce à son tempérament, il a prouvé qu'il était l'enfant-lion annoncé par l'oracle. Personne d'autre que lui n'aurait pu obtenir le talisman des pharaons. Et puis, de toute manière, Merab n'avait pas l'intention de nous voir repartir avec le coffre. Si Leonis avait choisi de prendre les joyaux, les adorateurs d'Apophis nous auraient certainement éliminés par la suite. D'ailleurs, la créature du sorcier de Seth a failli le faire. Si Leonis ne s'était pas transformé en lion blanc, Hapsout nous aurait sans doute tués.

— J'ignore ce que l'envoûteur a fait pour que Hapsout devienne aussi fort. Cet affreux contremaître n'était qu'un lâche. Il n'était même pas costaud. Il aimait bien frapper les esclaves du chantier avec son bâton, mais, si l'un d'eux avait osé riposter, je suis convaincu que Hapsout aurait mordu la poussière. D'ailleurs, j'ai déjà vu Leonis le vaincre très facilement.

— Merab est très puissant, rappela Menna en se remettant en route. J'ai vu sa créature tuer un homme d'un seul coup de poing. J'ai voulu lui transpercer le ventre avec une lance. Au lieu de pénétrer dans sa chair, mon arme s'est brisée en deux. L'un des faucons de Sia s'est agrippé au visage de Hapsout et l'a déchiqueté. Avant de mourir, l'oiseau lui a crevé un œil. Pourtant, le monstre n'a même pas crié.

— Ce pauvre Amset est mort, soupira Montu. Depuis ce jour, nous n'avons pas revu son frère Hapi. Sia est sûrement très triste d'avoir perdu l'un de ses fidèles faucons.

— En effet, dit Menna. J'étais tellement en colère contre l'enchanteresse que je n'ai pas songé au chagrin que cette perte a dû lui causer… En plus, Sia a dû vivre de très fortes émotions en retrouvant son peuple…

— Et si elle avait décidé de rentrer chez elle ?

— Je ne crois pas qu'elle pourrait faire une chose pareille, mon vieux Montu. Elle a promis de ne pas nous laisser tomber. J'ai confiance en sa parole.

Après ces mots, la voix claire et chantante de la sorcière s'éleva sous le dôme verdoyant des sycomores:

— En parlant ainsi, tu combles mon cœur, brave Menna!

Les aventuriers se retournèrent pour apercevoir Sia qui contournait les buissons touffus qui l'avaient soustraite aux regards. Elle s'avança d'un pas leste. Un large sourire étirait ses lèvres. Émus, Montu et Menna la contemplèrent sans rien dire. La femme s'arrêta auprès d'eux. Elle annonça avec gaieté:

— L'enfant-lion est hors de danger, mes chers amis. Ma mère m'a assuré qu'il survivrait. Tu as raison, Menna: cette rencontre avec les miens m'a chavirée. Je dois avouer que j'ai bien hâte de rentrer chez moi… Il faut que vous sachiez que la mort d'Amset ne me trouble pas. Mes oiseaux sont divins. La créature de Merab a détruit la forme physique d'Amset, mais son esprit existe toujours. Il se matérialisera de nouveau en s'emparant du corps d'un autre faucon. Son frère doit l'assister dans cette tâche. Malheureusement, puisqu'il devait se consacrer à recueillir l'âme d'Amset, Hapi n'a pas pu suivre les barques des adorateurs d'Apophis. S'il en avait eu la possibilité, nous saurions maintenant où se situe le mystérieux repaire de nos ennemis.

Bouleversé, Montu demanda :

— Tu dis que Leonis est sauvé, Sia. Est-ce bien vrai? Tu... tu ne dis pas cela simplement dans le but de nous rassurer, n'est-ce pas?

— Je ne mentirais jamais sur un sujet aussi délicat, Montu. En ce moment, Leonis se trouve dans le pays des Anciens. Il va guérir. Comme je vous l'ai déjà dit, l'autre nuit, dans le désert, nous n'aurons pas le bonheur de revoir l'enfant-lion avant plusieurs mois. Cependant, je tiendrai ma promesse. Aussi vrai que le majestueux Nil coule vers le nord, Leonis reviendra.

— Le jour de son retour sera un grand jour, fit Menna d'un ton rêveur. Je suis heureux de te revoir, Sia. Il a sûrement été très difficile pour toi de ne pas pouvoir retourner auprès des tiens...

— Tu ne te trompes pas, Menna. J'ai beaucoup pleuré. D'autant que ma mère tenait de tout son cœur à ce que je l'accompagne... Les Anciens n'approuvent pas ma présence à vos côtés. Selon eux, je ne dois pas être mêlée à la lutte qui vous oppose aux ennemis de la lumière. Lorsque je réintégrerai mon monde, je devrai subir le jugement des miens. Ils ont déjà l'intention de me punir.

— Ils veulent te punir? bêla Montu. Tu nous as souvent parlé de la sagesse de ton peuple, Sia. Tu nous as même dit que les Anciens avaient atteint la perfection de l'être et qu'ils vivaient dans le respect et dans l'harmonie. Comment pourraient-ils te traiter comme une criminelle? Tu n'as rien fait de mal. À cause de Merab, tu as été prisonnière durant plus de deux cents ans. Les tiens seraient vraiment injustes d'en rajouter. Que feront-ils de toi? Te condamneront-ils au cachot?

— Dans mon monde, les cachots n'existent pas, Montu. De même, il n'y a ni torture ni condamnation à mort. Il est très rare que l'un des nôtres enfreigne les lois des Anciens. Nos règles ne sont d'ailleurs pas bien difficiles à respecter. Chez moi, les gens sont tous égaux. Personne n'envie personne, car chaque sujet peut disposer de tout ce dont il désire. Nous possédons le secret de l'immortalité. C'est une richesse inestimable qui anéantit normalement toute convoitise et toute urgence de vivre. Je dis «normalement», car en ce qui concerne le détestable Merab, il est évident que l'obtention de l'immortalité n'a pas donné de très bons résultats. Je crois tout de même que, si cet envoûteur avait vu le jour dans mon monde, il serait devenu bénéfique. Les Anciens sont d'excellents guides pour leurs semblables. Nos enseignements nous parlent de sagesse. Notre vie éternelle nous permet d'acquérir cette sagesse… Malgré tout, nous sommes humains. Il nous arrive de commettre des erreurs. Il faut cependant qu'une faute soit très grave pour être punie. Le fait d'intervenir dans la vie des mortels fait partie de ces erreurs très graves… Par contre, aucun des miens n'a vécu ce que j'ai vécu. Lorsqu'ils rendront leur jugement, je souhaite que les membres du Grand Conseil des Anciens tiennent compte des souffrances que j'ai éprouvées…

La sorcière d'Horus s'interrompit. Elle afficha un sourire ténébreux, puis elle leva promptement les yeux pour suivre le vol rapide d'un loriot. Menna l'interrogea d'une voix inquiète :

— À quelle peine dois-tu t'attendre, Sia ?

— Tu ne dois pas avoir peur pour moi, Menna. Je suis courageuse. Je ne crains pas les conséquences du châtiment qui me sera réservé. Au fond, ce qui m'attriste, c'est de constater que les miens n'approuvent pas mes actes. J'estime que je ne mérite pas d'être punie… Néanmoins, je devrai accepter la décision du

Grand Conseil. Dans le pire des cas, je serai condamnée à vivre quelques mois dans une sphère temporelle…

Les jeunes gens froncèrent les sourcils avec perplexité. La sorcière d'Horus émit un rire bref. Elle secoua sa longue chevelure noire et, l'œil amusé, elle lança :

— Voilà ! J'en ai encore trop dit, mes enfants ! Mon peuple a sans doute raison de s'inquiéter à mon sujet. Je n'ai pas le droit de partager les secrets des Anciens avec les mortels. Je compte donc sur votre discrétion. De toute manière, ce n'est pas en connaissant l'existence des sphères temporelles que vous pourrez comprendre comment elles fonctionnent… Mes révélations resteront entre nous, d'accord ?

Montu et Menna approuvèrent en silence. Sia enchaîna :

— Les Anciens se servent des sphères temporelles depuis des millénaires. Elles sont utiles dans bien des domaines. Ces globes sont hermétiques au monde extérieur. On peut y créer des univers indépendants du nôtre. Le cours du temps peut y être adapté en fonction de nos besoins. Dans une sphère temporelle, une pousse d'orge peut atteindre sa pleine maturité en l'espace de quelques heures. Nous avons également la capacité de ralentir le temps de ces univers à un point tel que cette même pousse d'orge mettra des siècles à mûrir… Évidemment, il est possible d'obtenir ce genre de résultat avec un être humain. Dans l'un de ces globes, il suffit d'une semaine pour faire vieillir un homme d'un an. Je vous ai déjà expliqué que, lorsque l'un des nôtres décide que le moment est venu pour lui de devenir immortel, il doit se soumettre à un rituel particulier afin d'obtenir l'accord d'une divinité. Après avoir reçu la vie éternelle, notre corps cesse de vieillir, car chaque parcelle de notre être se renouvelle continûment. Cet avantage peut cependant nous être retiré. C'est sans doute ce qui m'attend. Ma chair rede-viendra périssable. Par la suite, on m'enfermera dans une sphère temporelle. Pour les gens de l'extérieur, mon absence sera relativement courte, mais, pour moi, cette réclusion durera des années. Lorsque j'aurai purgé ma peine, je procéderai une seconde fois au rituel. L'immortalité me sera certainement de nou-veau accordée, mais j'aurai vieilli.

Montu fit remarquer :

— Pour ceux qui y sont enfermés, il n'y a donc pas de différence entre une sphère temporelle et un cachot, Sia.

— Ce n'est pas toujours le cas, Montu. Mais il est exact que, pour moi, la sphère temporelle prendrait vite des allures de prison. Si les miens me condamnaient à y passer quelques mois, je vivrais un long isolement. Toutefois, c'est le vieillissement de mon corps qui constituerait ma principale punition. Pour ceux qui ne vieillissent pas, les sphères sont des instruments extraordinaires. Tous les Anciens en font usage. D'habitude, les miens s'y enferment volontairement. Imaginez un environnement où vous pourriez prendre des mois de repos en ne vous absentant du monde réel que durant un jour ou deux. Avec les sphères temporelles, ce prodige est possible. Nous les utilisons parfois pour prendre le temps d'approfondir nos connaissances sans que nos occupations quotidiennes en souffrent. C'est ce que j'ai fait. Le travail de guérisseuse demande environ dix ans d'apprentissage et, malgré notre science, nous n'avons pas la faculté d'apprendre sans effort. À l'instar des mortels, nous n'acquérons pas le savoir sans y consacrer le temps nécessaire. Les Anciens ont cependant un grand avantage sur les mortels: ils ont l'éternité devant eux…

Pour un individu enfermé dans une sphère temporelle, les heures semblent s'écouler au même rythme que celles du monde extérieur. Donc, afin de ne pas trop souffrir de solitude, il est important d'éviter d'éterniser ces périodes que nous passons à l'écart des autres. Personnellement, chaque fois que je m'y claustrais, j'étudiais pendant six mois. Quelquefois, pour permettre à une guérisseuse de venir m'expliquer certaines choses, le temps de la sphère s'accordait à celui du monde des Anciens. Après ces brèves visites, et sans que je le sente, les heures de mon petit univers reprenaient leur rythme fou. Lorsque je réintégrais mon quotidien, j'étais toujours déstabilisée en constatant que, pour les miens, mon absence n'avait duré que quatre jours! Ce genre d'expérience donne lieu à d'étranges situations! Après chacun de mes séjours dans une sphère temporelle, je retrouvais ma mère en pleurant de joie. Elle m'avait tellement manqué! Bien entendu, si elle pouvait très bien comprendre mon enthousiasme, Maïa-Hor ne le partageait pas. Car, pour elle, notre séparation n'avait même pas duré une semaine! Chaque fois que je quittais la sphère pour reprendre le cours normal de mon existence, je demeurais un mois parmi les miens. En tant que sorcière d'Horus, j'avais quelques corvées à exécuter dans le temple du dieu-faucon. Durant mes absences, je ne prenais qu'un léger retard dans ces travaux. J'accomplissais mon devoir avant de m'enfermer de nouveau pour continuer mon apprentissage. Après une vingtaine de ces périodes d'isolement, je maîtrisais pleinement ma science. Je venais de faire dix années d'études. Pourtant, j'avais été suffisamment présente dans le lieu de culte pour vaquer aux occupations qui m'incombaient. De plus, dans le monde réel, il ne s'était pas écoulé deux ans… Je vous explique tout cela afin que vous compreniez à quel point la science de mon peuple est grande, mes amis. L'enfant-lion est entre bonnes mains. Si sa convalescence le nécessite, il se pourrait bien qu'il passe lui-même quelques jours dans une sphère temporelle.

— Leonis est un mortel, intervint Menna. Si j'ai bien compris tes explications, un séjour dans une sphère le ferait vieillir. Lorsque nous le retrouverons, il aura peut-être vingt ans…

— Non, Menna, fit la sorcière en gloussant, la guérison de Leonis ne sera pas si longue. Son vieillissement sera imperceptible. À mon avis, les semailles commenceront lorsqu'il viendra nous rejoindre.

— Cela veut dire que nous le reverrons d'ici quatre mois, évalua le jeune commandant. Mais, puisque les tiens ne peuvent pas partager leurs secrets avec nous, comment se fait-il qu'ils aient accepté d'accueillir Leonis parmi eux? Là-bas, l'enfant-lion verra des choses qu'il n'est pas censé voir…

— En effet, Menna, acquiesça la sorcière. Avant de quitter mon monde, Leonis devra faire un choix. Les Anciens lui proposeront d'abord d'effacer une partie de sa mémoire. Malheureusement, cette intervention est peu précise. Dans le meilleur des cas, l'enfant-lion ne perdrait que cinq années de souvenirs. Cependant, il pourrait tout aussi bien retourner dix ans en arrière. Son amnésie serait irrémédiable. Il se retrouverait alors privé d'un grand pan de sa vie… Les résultats de cette méthode sont plutôt pernicieux, mes amis. Mais les règles sont les règles. Si l'enfant-lion refuse cette proposition, il ne lui restera qu'une possibilité… Il devra devenir l'un des nôtres.

10
MENNA JOUE LE JEU

Sans bruit, le pharaon Mykérinos s'approcha du lit de sa fille. La princesse Esa faisait mine de dormir, mais sa respiration saccadée et tremblante trahissait la feinte. Le soleil matinal dardait un rayon oblique dans la luxueuse chambre. Sa lumière crue frappait de plein fouet le visage luisant de larmes de la jeune fille. Ses cils mouillés battaient faiblement. Le roi s'assit sur le bord du lit. Ses doigts soignés glissèrent lentement dans les cheveux d'Esa. Cette dernière n'eut aucune réaction. D'une voix tendre, l'homme chuchota :

— Je sais que tu ne dors pas, ma fille… Ta servante Bébi vient de rencontrer ta mère. Elle est très inquiète. Elle a affirmé que tu ne manges plus depuis trois jours. Est-ce la vérité ?

La figure d'Esa resta impassible. Elle déglutit, mais ses paupières demeurèrent closes. Le roi soupira et secoua doucement la tête avant de reprendre :

— Ta mère m'a annoncé qu'elle t'avait appris la mauvaise nouvelle. C'est ma faute ; je n'ai pas songé à lui suggérer de ne rien te dire à propos de l'échec du sauveur de l'Empire… Khamererenbty t'a également mise au courant de la disparition de Leonis… Je comprends ton chagrin, Esa. Je suis moi-même très affligé par cette situation. Et puis, je n'ignore pas que l'enfant-lion avait une place particulière dans ton cœur…

Sans ouvrir les yeux, la princesse murmura :

— Leonis est toujours dans mon cœur, père. Il le sera toujours.

— Soit, lui concéda Mykérinos avec un sourire de compassion. Si tu le désires, tu pourras chérir son souvenir durant toute ta vie. Tu dois cependant te montrer courageuse, ma chère Esa. Au moment de sa disparition, Leonis était grièvement blessé. Nos médecins ne pouvaient déjà plus rien faire pour lui. Ankhhaef et Sia l'ont enlevé. Nous ignorons ce qui les a poussés à agir ainsi. Seulement, nous ne devons pas nous bercer d'illusions… J'ai vu l'enfant-lion, ma belle. J'ai pu constater la gravité de son état… Ce que ta mère t'a annoncé est vrai : Leonis a sans doute rejoint le royaume des Morts… Il y a maintenant huit jours que nous sommes sans nouvelles de lui. Nous devons tous renoncer au sauveur de l'Empire. De mon côté, je mettrai tout en œuvre pour que l'Égypte soit épargnée. Je garde en moi l'espoir de voir Rê répondre à nos prières... Malgré ta peine, tu dois songer à ta divine destinée, Esa. Cela te réconfortera. Quand le royaume sera sauvé, la lumière de Rê nous inondera. Tu épouseras un homme noble et tu seras heureuse de voir grandir les enfants que tu auras mis au monde. Alors, tu dois me croire, les tourments que tu éprouves aujourd'hui te paraîtront bien lointains.

La princesse ouvrit enfin les yeux pour tourner vers son père un regard furibond. Elle afficha une moue de dédain et répliqua entre ses dents :

— Au fond, cette situation fait ton bonheur, père. Bien sûr, l'avenir de l'Empire est compromis, mais ta chère petite Esa sera désormais forcée de renoncer à l'amour d'un garçon qui était indigne d'obtenir sa main. Toutefois, l'amour de l'enfant-lion valait plus pour moi que le royaume d'Égypte... Tu étais jaloux de Leonis, père, car il représentait tout ce que je désirais.

— Prends garde à tes paroles, ma fille, riposta le roi sans élever le ton. Tu t'adresses à Pharaon. La mort du sauveur de l'Empire est une tragédie pour moi. Leonis a toujours suscité mon admiration. J'avais beaucoup de respect pour ce jeune homme. S'il était revenu sain et sauf de sa dernière expédition, je ne l'aurais pas blâmé pour l'échec de sa quête. Je l'aurais même couvert d'or pour souligner son courage, sa ténacité et sa loyauté. L'enfant-lion t'a déjà sauvé la vie. En raison de ce seul geste, il a mérité ma reconnaissance éternelle... Dorénavant, Esa, tu devras te plier aux exigences que ton divin sang t'oblige à respecter. Je me montrerai compréhensif à l'égard de la douleur que te cause la mort de Leonis, mais, avant long-temps, il faudra que tu cesses de te conduire comme une jeune paysanne naïve et sotte.

La princesse poussa un cri d'indignation. Tant bien que mal, elle s'assit sur son matelas trop moelleux; puis, en fixant le maître des Deux-Terres d'un air de défi, elle lança:

— Je ne suis pas sotte, père. Tu le sais très bien. D'ailleurs, si j'étais aussi bête que tu le dis, je me plierais sans broncher à la moindre de tes exigences... La vie de princesse n'est pas faite pour moi. Je suis forcée d'obéir à tes désirs. Je n'ai aucun moyen d'y échapper. Cependant, tu dois savoir que, malgré tous tes pouvoirs et toutes tes richesses, tu seras toujours incapable de me rendre heureuse.

J'en suis navrée. Je conçois que ces paroles te blessent, mais, bien avant de faire la connaissance de Leonis, j'avais déjà l'impression d'être née au mauvais endroit. Avant la venue du sauveur de l'Empire, j'ignorais à quoi pouvait ressembler le bonheur. Ce garçon n'a rien fait pour me convaincre de l'aimer. Il a même tenté de me persuader de l'oublier. Ce n'était pas la naïveté qui me suggérait de tout quitter pour partager sa vie. Ce n'était pas non plus la sottise qui m'aveuglait. Depuis longtemps, j'étais comme un oiseau né dans une cage qui ne pouvait qu'imaginer le ciel en rêvant de liberté. Leonis m'a fait voir le ciel. J'ai volé quelques instants à ses côtés. La joie que notre amour m'a fait vivre était incomparable. À présent, le seul souvenir de ces beaux moments rend ma cage plus inconfortable encore… Si tu m'aimes vraiment, père, tu n'offriras ma main à personne. De toute manière, le pauvre homme qui m'épouserait connaîtrait bien des tourments. Je lui confierais sans hésiter que mon âme appartient à un ancien esclave. Imagine ce que pourrait provoquer cette révélation… J'aime Leonis. La confirmation de sa mort ne changerait rien à cette réalité. Même si je vivais cent ans de plus que l'élu de mon cœur, je passerais tout ce temps en sachant que je le retrouverais dans le royaume d'Osiris... Je suis désolée, père. Je voudrais me montrer digne de tes attentes. Malheureusement, j'en suis incapable. Car le sang des dieux me ronge les veines.

Mykérinos dévisageait maintenant sa fille comme s'il s'agissait d'une étrangère. Un lourd et long silence les enveloppa. Le pharaon se leva lentement. Il déclara ensuite, d'une voix étouffée et chargée d'amertume :

— Tes mots sont sacrilèges, Esa. Tu déshonores le sang de Rê. Ton cœur est malade. C'est sans doute ce qui explique ta conduite. Demain, tu partiras pour Thèbes. Quelques-uns de nos médecins t'accompagneront. J'ai confiance en eux. Ces savants te ramèneront à la raison. Pour notre bien à tous, tu vivras à l'écart de la cour durant un certain temps. Personne ne doit être au courant de ton état... Autrefois, mon cousin Baka a entaché notre lignée en profanant le divin nom du dieu-soleil. Je ne pourrais pas supporter de voir ma propre fille renier son sang comme l'a fait ce scélérat. Là-bas, tu auras tout le loisir de réfléchir. Cette réclusion te fera le plus grand bien. Tu redeviendras celle que tu étais.

La princesse se laissa retomber sur sa couche. Elle ferma les paupières et ses lèvres esquissèrent un faible sourire. D'un ton indifférent, elle conclut :

— Tu n'as jamais su qui j'étais, père. La réclusion ne changera rien à mon existence ; je me suis toujours sentie captive entre les murs des magnifiques palais de l'Empire. Tu crois que je suis folle. J'espère que tu ne seras pas le seul à douter de ma raison. Le fils d'une folle ne pourrait certainement pas accéder au trône d'Égypte… Je n'aurai jamais d'époux. Tu ferais mieux d'y renoncer tout de suite.

Le pharaon serra les poings. D'un pas rageur, il quitta la pièce.

L'irritation et la détresse du souverain ne s'étaient guère apaisées lorsque, quelques heures plus tard, un serviteur vint le trouver durant son repas pour lui annoncer que le commandant Menna souhaitait le rencontrer. À cette nouvelle, le maître des Deux-Terres oublia ses inquiétudes du moment. Il interrogea brièvement le domestique qui l'informa que le jeune homme patientait devant l'entrée de la salle du trône. Au lieu de rejoindre ladite salle en empruntant le court passage qui communiquait avec sa chambre, le roi quitta ses quartiers d'un pas précipité pour gagner le couloir où l'attendait Menna. Celui-ci se cambra légèrement lorsqu'il aperçut

Mykérinos qui fonçait dans sa direction. Le némès du noble personnage était de guingois. Son visage était empourpré. Une traînée graisseuse, résidu de l'oie rôtie qu'il dévorait avant d'être dérangé, luisait sur son menton. Essoufflé, le pharaon s'arrêta devant son visiteur. Il porta la main à sa bouche pour étouffer un rot et, en observant le jeune homme d'un regard inquisiteur, il dit :

— Ta présence me réconforte, Menna. Mais je dois admettre que je suis plutôt surpris de te revoir.

Le combattant affecta un léger étonnement. Il déclara :

— Ma visite était pourtant prévue pour aujourd'hui, Pharaon. Notre dernière rencontre a eu lieu il y a huit jours. Je…

Du plat de la main, Mykérinos exhorta Menna au silence. Il désigna l'entrée de la salle du trône pour le convier à le suivre. Les deux hommes pénétrèrent dans la pièce austère et plongée dans la pénombre. Le majestueux trône d'or du souverain ne se trouvait pas sur son socle. Un unique flambeau brûlait. Le pharaon entraîna Menna dans sa pâle lumière. Ensuite, il s'immobilisa. Le combattant fit de même. Le roi le toisa longuement, puis il lâcha d'une voix tranchante :

— L'enfant-lion a disparu.

Depuis l'enlèvement de Leonis, Menna avait appréhendé ce moment. Le jeune homme n'avait jamais été doué pour le mensonge. À présent, il devait montrer à son roi qu'il ne savait rien au sujet de la disparition du sauveur de l'Empire. La veille, Sia lui avait conseillé de réagir avec retenue. Afin d'éviter d'éveiller les soupçons de Pharaon, il était préférable de ne pas trop parler. Menna garda donc le silence. Il ouvrit stupidement la bouche et conféra à son regard une fixité suffisamment ahurie pour confondre son vis-à-vis. Mykérinos ne décela rien de suspect sur ce masque de stupeur muette. Cette observation sembla même le soulager. Il soupira, et son visage, jusqu'alors crispé, se détendit légèrement. Comme s'il n'avait attendu que ce signal, Menna remua les lèvres pour bredouiller :

— Est-ce que Leonis aurait rejoint le… le royaume des Morts, mon seigneur ? Serait-ce ce que vous avez voulu dire en… en m'annonçant qu'il a dis… disparu ?

— J'ignore si le sauveur de l'Empire a rejoint Osiris, répliqua le roi. Mais il a été enlevé. C'est une certitude. Nous savons aussi que le grand prêtre Ankhhaef et la sorcière d'Horus ont participé à son enlèvement…

Mykérinos laissa planer un silence. Cette fois, les traits de Menna se couvrirent d'incrédulité. Il secoua la tête de gauche à droite pour jeter avec détermination :

— C'est impossible, Pharaon. Ankhhaef et Sia n'auraient pas pu commettre un geste aussi insensé.

— C'est pourtant la vérité, mon brave. Durant la nuit qui a suivi ton départ vers le camp des combattants du lion, l'une des sentinelles du temple de Rê a vu le grand prêtre et la sorcière quitter l'enceinte en transportant un malade sur une civière. Ankhhaef a prétendu que ce misérable était un artisan du temple qui avait un urgent besoin de rencontrer les médecins de la cour... Depuis la découverte de cette disparition, nous nageons en plein mystère. Ne disposerais-tu pas d'un indice qui pourrait nous éclairer, Menna ?

Sans se démonter ni détourner les yeux, le jeune homme déclara :

— J'ignore tout de cette disparition, mon roi. Douteriez-vous de moi ?

Le maître des Deux-Terres tenta vainement d'ajuster son némès. Le tissu imbibé de sueur glissait sur son crâne chauve. Le noble personnage poussa un grognement et se débarrassa de la coiffe en la laissant tomber à ses pieds. Il se gratta ensuite la tête avec application avant d'affirmer :

— Depuis le début de sa quête, l'enfant-lion a su s'entourer de compagnons fidèles et vigilants. Si tu avais quelque chose à voir avec sa disparition, tu ne me l'avouerais pas…

Menna entrouvrit les lèvres. D'un geste, le pharaon lui interdit de riposter. Mykérinos haussa les épaules en affichant un sourire désabusé.

— J'aurais aimé être digne de la confiance de Leonis, confessa-t-il. Montu, Sia, Ankhhaef et toi-même n'aviez qu'un seul maître. Il s'agissait du sauveur de l'Empire. À l'évidence, en ce qui vous concernait, son autorité surpassait la mienne. Pour ma part, j'ai souvent douté de l'élu des dieux. Je ne méritais donc pas de connaître ses dernières volontés. La nuit de son enlèvement, Leonis était à l'agonie. À présent, il est sûrement mort. Compte tenu des dangers qui l'attendaient sur le sentier de sa divine quête, ce vaillant garçon aurait été naïf de ne pas envisager une fin tragique… Je crois que l'enfant-lion s'était préparé à mourir, Menna. Il était humble, et j'imagine qu'il n'aurait pas voulu de la somptueuse sépulture que j'aurais pu lui offrir. En outre, il ne désirait assurément pas que sa petite sœur, peu de temps après avoir retrouvé une vie heureuse, soit confrontée à sa mort. J'ai le sentiment que la disparition de Leonis est reliée à tout cela. Il était mourant, vous étiez ses amis, vous connaissiez ses désirs et vous les avez respectés en le transportant loin du temple de Rê.

— Vous vous trompez, Pharaon, fit le combattant sans l'ombre d'une hésitation. L'étrange disparition de l'enfant-lion représente un mystère pour moi autant que pour vous. Vous dites que l'enlèvement de Leonis a eu lieu durant la nuit qui a suivi mon départ pour le camp des combattants du lion. Visiblement, Ankhhaef et Sia ont attendu que Montu et moi ayons quitté Memphis pour passer à l'acte... Quoi qu'il en soit, j'ai la certitude que le grand prêtre et la sorcière avaient une bonne raison d'agir ainsi. Je n'ai cependant rien à voir avec tout cela.

— Peu importe, Menna. Même si tu avais aidé tes amis, je ne t'en voudrais pas. Cet enlèvement avait certainement un but honorable. Après tout, Sia est une sorcière. Elle a prétendu qu'elle ne pouvait plus rien faire pour guérir l'enfant-lion. C'était peut-être faux. Elle ne pouvait pas utiliser sa magie dans le temple de Rê. Les prêtres auraient hurlé au sacrilège. Pour sauver la vie de l'élu, il fallait donc qu'elle le transporte ailleurs...

— Vous... vous le croyez vraiment, mon roi?

— Je ne sais trop que croire, soupira le pharaon. En ce moment, je serais porté à m'accrocher à la plus absurde des espérances.

Menna resta silencieux. Il aurait voulu révéler au pauvre homme que ses suppositions n'étaient pas loin d'être justes. Malheureusement, il ne le pouvait pas.

11

TROIS MOIS
PLUS TARD

À plat ventre sur le sol froid, Montu plissait les yeux pour tenter de percer les ténèbres. Même s'il venait de franchir une bonne distance en rampant, sa respiration était régulière et silencieuse. Son cœur battait vite. Cette fois, l'adolescent devait réussir sa mission. Il s'en faisait un point d'honneur. Il avait déjà déjoué la première sentinelle. La seconde se trouvait quelque part devant lui. Montu devait se montrer patient. Il devait se fondre à l'environnement comme la grenouille tapie dans les roseaux. L'obscurité était certainement la meilleure des alliées, mais ses adversaires étaient très habiles. Le moindre bruit suspect les alerterait. L'échafaudage se trouvait à six longueurs d'homme devant Montu. Il arrivait à distinguer le sommet de son squelette sombre qui se détachait de la toile légèrement plus claire du ciel nocturne. La deuxième sentinelle n'était sans doute pas très loin. Par malheur, le garçon ne parvenait pas à la localiser. Soudain, un son discret et facilement reconnaissable vint se mêler aux chants coutumiers de la nuit. À la gauche de l'adolescent, quelqu'un venait d'étouffer un bâillement. Montu aperçut enfin la silhouette du garde. Son ombre se fondait dans celle du bâtiment qui s'élevait derrière lui. Une chouette hulula dans les marais. La sentinelle eut un léger sursaut. Montu profita de ces quelques instants d'inattention pour franchir encore quelques coudées. Un frisson le traversa lorsque l'individu commença à marcher dans sa direction. Il s'approcha et faillit poser le pied sur la main droite de Montu. Durant un court moment, ce dernier eut la certitude d'être découvert. Par chance, le garde passa sans le voir. Il alla ensuite s'appuyer le dos contre l'un des montants de bois de l'échafaudage. Dans le noir, l'ami de Leonis grimaça. La situation se compliquait. Comment pouvait-il atteindre son objectif si ce type se collait dessus comme une mouche sirotant du miel? Il songea à lancer un caillou pour distraire son adversaire. Il était cependant beaucoup trop près de lui pour user de ce stratagème sans risquer d'être vu. De toute manière, même un babouin n'eût pas été assez idiot pour se laisser berner par cette ruse aussi vieille que le monde. De surcroît, la sentinelle était aux aguets. Elle devait surveiller l'échafaudage et elle ne s'en éloignerait assurément pas. Montu attendit encore un peu avant de conclure qu'il lui faudrait agir malgré la surveillance du gardien. Il poursuivit ses mouvements de reptation et, enfin, il atteignit l'échafaudage sans que l'autre eût détecté sa présence. Montu s'octroya une brève pause. Il était si près de l'homme qu'il pouvait flairer l'odeur âcre de sa sueur. Il songea: «Il faut croire que je ne sens pas aussi mauvais que toi, mon vieux. Si c'était le cas, tu m'aurais repéré depuis longtemps.» Précautionneusement, l'adolescent saisit un ruban de lin qui se trouvait sous le revers de son pagne. Il noua cette étroite bande de tissu à l'un des barreaux de l'assemblage de bois. La sentinelle bâilla de nouveau. Elle leva brièvement les yeux vers les étoiles avant de recommencer à scruter les ténèbres. Celui qu'elle attendait avait eu raison de sa vigilance. Il progressait déjà vers son prochain objectif.

Montu atteignit le rocher en forme d'œuf qui jouxtait le mur d'enceinte. Il s'empara de l'arc et de la flèche qui étaient posés dessus.

Il longea ensuite la muraille en comptant ses enjambées. À la dixième, il s'immobilisa et lança à voix basse :

— Je suis là, les gars.

Il n'y eut aucune réponse. Montu retint son souffle et tendit l'oreille. Les insectes stridulaient, les grenouilles coassaient, les grands arbres craquaient ; et le vent, bien que faible, faisait bruire les joncs des marécages environnants. En dépit de tous ces sons, l'adolescent perçut clairement le tintement ténu des lamelles de cuivre qu'on agitait. Il attendit encore un peu, et un bruit de galets entrechoqués vint s'ajouter au timbre métallique des lamelles. Montu ferma les yeux pour mieux se concentrer sur ces repères sonores. La dernière fois, il ne s'était pas rendu aussi loin. En murmurant, il récapitula :

— Le centre de la cible se trouve à trois coudées du sol. Il est disposé à deux coudées à la gauche des lamelles de cuivre et à deux coudées à la droite du sac de cailloux. Je dois voir avec mes oreilles.

Montu banda timidement son arc. Il plaça la pointe de sa flèche à la hauteur voulue. Par acquit de conscience, il ouvrit les yeux pour vérifier si le projectile était bel et bien en position horizontale. Bien entendu, il ne vit rien. Il referma les paupières et répéta :

— Tu dois voir avec tes oreilles, mon vieux Montu. En ce moment, tes yeux sont inutiles. Cesse de trembler comme ça. Tu peux y arriver.

L'adolescent inspira profondément. Il parvint à occulter la rumeur des marais pour se concentrer uniquement sur les deux repères sonores. Dans l'esprit de Montu, le bruit des lamelles et celui des galets se divisèrent pour désigner des endroits bien distincts. La position de la cible se précisa. Montu releva un peu sa flèche. Son bras gauche devint rigide comme une branche de sycomore. Sa main droite tendit la corde de l'arc qui se courba en gémissant. Il décocha sa flèche et il sut sans l'ombre d'un doute que le trait atteindrait son but. Il y eut un bruit sourd. Presque aussitôt, une voix grave lança :

— Qu'on allume une torche !

Un crissement caractéristique se fit entendre ; quelqu'un utilisait un bois de feu. Une luciole incandescente apparut dans l'obscurité. Une torche s'embrasa dans la main d'un jeune homme agenouillé. Montu tourna son regard vers la gauche et put apercevoir Menna. Celui-ci tenait toujours la longue et mince corde qui lui avait permis d'agiter les lamelles de cuivre tout en restant loin de la cible. La corde reliée au sac de caillou avait été manipulée par le lieutenant Djer. Sans lâcher l'arc, Montu s'avança vers le mannequin de paille qui lui avait servi de cible. Avec satisfaction, il constata que la flèche avait atteint le simulacre d'homme au beau milieu du corps, précisément à la jonction du torse et de l'abdomen. Le vieux lieutenant Djer s'était lui aussi approché. D'un ton impassible, il déclara :

— Tu as visé juste, soldat. Si cet épouvantail était un homme, il serait sur le point de rendre son dernier souffle.

— Bravo, mon vieux ! ajouta Menna. Lorsque j'ai fait ta connaissance, tu aurais été incapable de toucher un hippopotame se trouvant à dix coudées de toi. À présent, tu peux réussir à atteindre une cible sans même la voir !

— Ce n'est pas trop mal, approuva Montu en retirant la flèche de l'homme de paille. Seulement, les adorateurs d'Apophis ne se promènent sans doute pas en portant des lamelles de cuivre et des sacs de cailloux contre leurs flancs. En plus, nos ennemis ne resteront pas immobiles comme ce mannequin…

— En effet, dit Menna, mais, dans peu de temps, une vingtaine de nos archers seront soumis à un entraînement nocturne très exigeant. Puisque nous comptons attaquer après le coucher du soleil, nos hommes devront être en mesure de localiser et de toucher une cible dans l'obscurité la plus complète. Voudrais-tu devenir l'un de ces archers aveugles, Montu? Tu as déjà réussi la première épreuve…

— Peu m'importe ce que je deviendrai, Menna. Pourvu que je sois à tes côtés durant la nuit où nous livrerons cet assaut, je serai satisfait.

Un combattant apparut dans la lueur de la torche. Il s'agissait du premier garde que Montu avait déjoué. Il devait avoir seize ans. En affichant un air contrit et en exhibant un petit ruban de lin, il maugréa:

— Ce gaillard m'a eu. Je n'ai pourtant pas relâché ma garde. Je guettais le passage qu'il devait franchir entre le deuxième et le troisième dortoir. En constatant que vous aviez allumé une torche, j'ai su que la mission était terminée. J'ai vérifié le pieu autour duquel ce bougre devait nouer son ruban… J'ai compris que j'avais échoué… Je suis désolé…

— Les regrets ne servent à rien, soldat! cracha le lieutenant Djer. Si ce garçon avait été un ennemi, il aurait pu te trancher la gorge sans te laisser le temps de comprendre ce qui t'arrivait! J'espère que les sentinelles des adorateurs d'Apophis sont aussi incapables que toi! Si c'est le cas, ces rats crasseux seront vite vaincus!

Le jeune soldat serra les mâchoires. Ses yeux roulaient dans l'eau. Montu ouvrit la bouche pour protester. Menna lui saisit l'épaule pour l'en empêcher. Sans avoir rien remarqué, le lieutenant poursuivit :

— Un garde digne de ce nom serait capable d'entendre ramper un serpent! Ce n'est visiblement pas ton cas, mon gaillard! Demain, tu t'entraîneras deux fois plus longtemps que les autres! Il n'y a rien de tel que la sueur pour nettoyer le fond des oreilles!

Le jeune combattant se redressa et bomba le torse. Il déglutit et lança d'une voix légèrement étouffée :

— Je serai plus vigilant, lieutenant Djer! Je suis un combattant du lion! Je suis fier de mes frères! Mes frères seront fiers de moi!

— Va dormir, maintenant, siffla le vieux Djer en fouettant l'air de ses doigts courts et sans finesse.

L'adolescent fit demi-tour et, d'un pas vif, il prit la direction des dortoirs. Il croisa le soldat qui avait eu pour mission de surveiller l'échafaudage. Le nouveau venu avait sans doute dix ans de plus que le précédent garde. Néanmoins, il paraissait tout aussi honteux que lui. Il tendait la main pour présenter au supérieur la preuve de son échec. Il pinçait le petit ruban de Montu entre son pouce et son index. Sa figure exprimait une confusion mêlée de dégoût, un peu comme s'il eût tenu par la queue le cadavre putréfié d'une souris.

Montu n'avait aucun désir de voir ce soldat subir les foudres de l'impétueux Djer. Il déposa l'arc et la flèche sur le sol avant de tourner les talons pour s'éloigner de la scène. Menna le suivit. Ils marchèrent un long moment sans rien dire. Tandis que la voix courroucée du vieux lieutenant retentissait de nouveau dans l'enceinte, Menna murmura:

— Tu t'es montré très adroit, mon vieux Montu. En trois mois, tu as accompli d'impressionnants progrès. Tu feras un extraordinaire combattant.

— Je dois t'avouer que je suis plutôt satisfait de moi, Menna. Il y a toutefois des choses auxquelles je ne m'habituerai jamais... Je déteste Djer. Il traite ses hommes comme des esclaves. En voyant que ma flèche avait atteint sa cible, j'étais fier de constater que j'avais réussi ma mission. Ce vieux grognon a gâché mon plaisir. Au fond, en y songeant bien, j'aurais dû m'attendre à ce que Djer blâme ces pauvres soldats.

— Djer est un excellent lieutenant, Montu. Je suis heureux de pouvoir compter sur lui.

Il impose le respect. Dans ce camp, il est celui qui distribue les réprimandes. Les hommes le détestent et il possède la rare faculté de ne pas s'en émouvoir. Les autres chefs sont beaucoup plus aimables que lui. Djer sait ce qu'il fait. Lorsqu'il estime qu'il a été un peu trop dur à l'endroit d'un soldat, il demande discrètement à un autre lieutenant d'aller réconforter ce malheureux. Il n'a pas son pareil pour obtenir le meilleur de ceux qu'il dirige. Aujourd'hui, nos gaillards le haïssent. Dans quelques années, ils évoqueront son souvenir avec admiration. Et puis, personne dans ce camp n'a l'impression d'être un esclave. Nos soldats connaissent leur valeur. Nous leur offrons souvent l'occasion de s'amuser et de se détendre. Chacun d'eux sait ce qu'il lui faudra sacrifier pour devenir un guerrier d'élite. Lorsque les combattants du lion seront prêts, la glorieuse Égypte n'aura jamais disposé d'une troupe aussi efficace. Nos hommes savent qu'ils servent une cause très importante. La mission qu'ils devront accomplir sera des plus dangereuses. Djer a le devoir de les y préparer. Ce lieutenant se donne parfois des airs de tyran, mais chaque soldat qu'il rappelle à l'ordre pourrait un jour devoir la vie à ses récriminations… L'existence dans cette enceinte n'est certainement pas des plus agréables, mon vieux. Seulement, plus les combattants du lion seront endurcis, moins nous aurons de morts à dénombrer après la bataille.

— Tu as raison, Menna, dit Montu en soupirant. Après tout, le lieutenant Djer est un militaire aguerri. Qui suis-je pour le juger ? Pardonne-moi, mon ami. Ces derniers temps, je me sens anxieux. J'ai beau me démener comme un fou, je n'arrive pas à me calmer… Cet après-midi, je m'exerçais dans l'arène en compagnie d'un soldat. Nous nous entraînions au combat corps à corps. Par mégarde, son coude a heurté mon menton. Il s'est excusé, mais je me suis mis en colère… Je lui ai donné un coup de poing sur le nez… Il saignait. À partir de ce moment, nous nous sommes vraiment battus. Des gaillards ont dû venir nous séparer… Je savais que mon adversaire n'avait pas voulu me frapper. Pourtant, je ne suis pas arrivé à me contenir. Je me suis comporté comme un imbécile.

— Ne t'en fais pas, Montu. Dans un endroit comme ici, il n'est pas rare que les esprits s'échauffent. Plus de quatre cents hommes jeunes, vaillants et orgueilleux occupent ce campement. Il est impossible de prévenir les bagarres. Nos combattants ne peuvent pas tous s'entendre comme des frères…

Montu garda le silence. Les jeunes gens s'arrêtèrent devant la demeure qu'ils partageaient avec la sorcière d'Horus et le grand prêtre Ankhhaef. Ces derniers devaient dormir, car aucune lueur ne filtrait entre les joncs tressés des treillis qui recouvraient les fenêtres. En levant les yeux vers le chétif croissant de lune qui dessinait un sourire dans le ciel, Menna reprit à voix basse :

— Je sais que tu es inquiet pour Leonis, Montu. Sia nous affirme chaque jour que tout va bien aller. Elle n'a cependant aucune nouvelle à nous donner… Tu devrais t'offrir quelques jours de repos, mon ami. Depuis trois mois, tu t'entraînes sans arrêt. Je veux bien admettre que c'est précisément pour cela que tu es venu ici, mais je trouve que tu dépasses la mesure.

— L'entraînement m'empêche de broyer du noir, Menna. Il est vrai que je m'inquiète pour Leonis. Si je me fie à ce que Sia nous a raconté, notre ami, si jamais il revient, ne se souviendra plus de nous. Dans le cas contraire, sa mémoire sera intacte, mais il devra nous quitter pour rejoindre le monde des Anciens. D'une façon ou d'une autre, nous le perdrons… Bien sûr, je souhaite de tout mon cœur qu'il revienne et qu'il puisse me reconnaître lorsque je marcherai vers lui.

Mais, au jour de notre séparation, j'aurai beaucoup de chagrin. Durant des années, Leonis a été la seule personne qui comptait pour moi. Quand j'étais esclave, c'est grâce à lui que j'ai tenu bon. Je crois bien que je me serais laissé mourir s'il n'avait pas été là pour m'encourager... Et puis, il y a cette menace qui nous guette. Je n'arrive pas à me convaincre que la mort de Baka suffira à calmer la colère de Rê. Le sauveur de l'Empire a échoué, Menna. Quand je pense à cette injustice, j'ai envie de hurler. Sans Merab, les douze joyaux seraient déjà réunis sur la table solaire. Nous aurions triomphé et nous profiterions d'un repos bien mérité. Au lieu de cela, nous devons encore nous battre... Mon enfance ne valait pas un sac de crottin de chèvre, mon vieux. J'ai été libéré de l'esclavage. Par la suite, mon existence a beaucoup changé. J'avais l'impression d'être quelqu'un. Après toutes les souffrances que j'avais dû endurer, j'en suis venu à croire que les bienfaits que me procurait la vie dans l'enceinte du palais me revenaient de droit. Je suis allé jusqu'à penser que le malheur avait perdu ma trace. Le misérable et insignifiant Montu avait des amis, il mangeait à sa faim, il portait des vêtements luxueux; il était même parvenu à se faire aimer d'une belle et noble jeune fille à la peau douce et aux yeux brillants comme des étoiles...

Dans l'obscurité, Montu émit un rire grinçant. Il demanda :

— Quel espoir nous reste-t-il, Menna ? Crois-tu vraiment que la fin des adorateurs d'Apophis apaisera la colère de Rê ?

— Non, Montu, avoua le jeune homme, je n'en crois rien. Malgré tout, je refuse de mourir sans avoir tout tenté.

12

LES ANIMAUX
DE BOIS

La peur de Merab s'était manifestée à la vue d'un vulgaire furoncle. Le vieillard avait aisément pu le crever. Par la suite, la rougeur qui subsistait sur son menton avait vite disparu. Certes, pour le commun des mortels, une lésion aussi minime n'eût rien eu d'inquiétant. Mais l'apparition de ce petit bourgeon purulent sur sa figure avait interloqué le sorcier. Il serait plus juste de dire qu'elle l'avait réveillé. Durant des siècles, aucune infection, pas même la plus négligeable, n'était venue importuner l'envoûteur. Le dieu du chaos lui avait offert l'immortalité. À cette époque, Merab était déjà un vieillard, mais l'intervention de Seth avait interrompu la dégénérescence de son corps. En outre, depuis ce temps lointain, il était souvent arrivé que Merab se blessât par maladresse.

Toutefois, chacune des blessures qu'il s'était infligées avait guéri rapidement et sans s'infecter. La chair et le sang du vieil homme repoussaient même la maladie. Il eût pu se faire mordre par un rat enragé sans s'inquiéter des conséquences. Manifestement, les choses avaient changé. Il avait fallu l'apparition de ce négligeable furoncle pour que Merab comprît enfin qu'un danger le guettait.

Le sorcier s'en voulait d'avoir mis autant de temps à prendre conscience que quelque chose n'allait pas. Trois mois auparavant, lorsqu'il avait réintégré le Temple des Ténèbres pour annoncer à Baka que la quête du sauveur de l'Empire avait échoué, Merab s'était senti épuisé. Après son long voyage en mer, il avait eu besoin de deux semaines entières pour recouvrer ses forces. Même si cette grande fatigue l'avait quelque peu étonné, il ne s'en était guère inquiété; il avait beau être immortel, sa carcasse n'en demeurait pas moins celle d'un très vieil homme. Pour sortir de son alanguissement, l'envoûteur eût pu se confectionner cent potions efficaces. Il avait cependant choisi de se laisser aller à savourer chaque instant de l'épuisement qu'il ressentait. Couché au cœur de l'amoncellement d'or qui tapissait le sol de la plus petite pièce de sa tanière, il avait beaucoup dormi.

Il se sentait bien et il n'avait besoin de rien. Une nuit, il avait rêvé qu'il caressait un chaton. Ce geste lui procurait un bien-être extraordinaire ; un plaisir presque aussi intense que celui qu'il avait toujours ressenti en faisant ruisseler de la poudre d'or entre ses doigts tordus et rêches comme des pattes d'oiseau. Pourtant, Merab détestait les chats. Si la majeure partie de leur anatomie n'avait pas été absolument nécessaire dans la fabrication de certaines mixtures, il n'eût éprouvé aucun désir de s'approcher de ces créatures miteuses, puantes et geignardes. Mais, dans son rêve, un chaton gris, paré d'une jolie tache blanche en forme de papillon autour de sa minuscule truffe, dormait sur ses genoux. Il pouvait sentir le frémissement de ses ronronnements dans le creux de sa paume. Curieusement, le vilain personnage n'avait pas du tout envie de tordre le cou délicat de cette petite vermine. On eût dit que même ses instincts maléfiques avaient décidé de prendre du repos. À son réveil, Merab avait souri. Le rêve qu'il venait de faire était plutôt incongru, mais n'était-ce pas le cas de la plupart des rêves ? À présent, il comprenait avec angoisse qu'il eût été préférable qu'il s'interrogeât davantage à ce sujet.

Pendant deux semaines, donc, Merab s'était prélassé avec délectation. Lorsqu'il ne dormait pas, il mangeait un peu et demeurait incessamment dans sa tanière. De temps à autre, il ouvrait la caisse de bois dans laquelle reposaient les trois joyaux qu'il avait rapportés de l'Île des Oubliés. Il passait souvent de longs moments à les contempler. Il les trouvait splendides. Il effleurait ces objets divins de ses doigts respectueux et tremblants. Leur contact le faisait roucouler et frissonner de convoitise. L'agréable sensation qui l'emplissait alors surpassait celle que lui procurait la caresse de l'or. Au mépris de ce fait, il savait que les joyaux ne pouvaient pas lui appartenir. Ces effigies étaient l'œuvre d'un dieu. Merab était certainement un être aux facultés prodigieuses, mais il comprenait fort bien que, pour le moment du moins, il n'était pas digne de posséder de telles merveilles. Sa passion pour l'or, elle, était plus accessible. Elle demeurait à hauteur d'homme. Le sorcier de Seth avait l'esprit vif. Il s'était vite rendu compte de la puissante attraction qu'exerçaient les joyaux sur lui. Il se permettait tout de même de les admirer, mais il le faisait chaque fois avec parcimonie. Sa conscience lui dictait la prudence. Sa froide détermination l'empêchait d'abuser de ce plaisir. Le bon vin est exquis.

Il égaye l'âme, réchauffe le corps et chasse les tourments. Mais, au-delà d'une certaine dose, il peut faire du plus prestigieux des hommes une larve sans volonté. Merab avait donc la capacité de se soustraire à l'influence captivante des joyaux. Tant qu'il saurait se montrer raisonnable, pensait-il, les trois effigies demeureraient inoffensives pour lui. Il se trompait.

L'épuisement de Merab avait fini par se dissiper. Après ce long repos, le vieil homme s'était senti comblé d'une énergie nouvelle. D'un œil amusé, il avait observé les instruments qui se trouvaient sur son plan de travail. Il n'éprouvait plus la moindre envie de pratiquer la sorcellerie. En revenant triomphant de l'Île des Oubliés, l'envoûteur avait pleinement respecté l'accord qu'il avait naguère conclu, d'abord avec Seth, ensuite avec le chef des adorateurs d'Apophis. L'Empire était perdu. Dans peu de temps, tous les habitants d'Égypte périraient dans d'atroces souffrances. Cette vérité rendait ridicule toute intention de tourmenter les hommes, qui n'étaient plus, au fond, que des morts en sursis. Avec un fou rire incrédule, Merab avait songé que le temps était venu de renoncer à son art. Il quitterait bientôt le Temple des Ténèbres afin d'aller rejoindre Seth dans les Dunes sanglantes. Son maître ferait probablement de lui un dieu. Et les dieux, pour accomplir des prodiges, n'avaient jamais eu besoin d'une corne de bélier moulue, ni d'une aile de chauve-souris séchée, ni du sang frais d'un jeune oryx tué une heure avant l'aube. Pour foudroyer un homme, les divinités ne manipulaient pas une multitude de récipients d'apparence bizarre. Ils méprisaient les mortiers, les pilons, les râpes et les lames de silex. En contemplant tous ces objets dont ses doigts plusieurs fois centenaires connaissaient les formes jusqu'aux tréfonds de leurs os, le sorcier leur avait découvert un côté insignifiant et désuet. Il avait haussé les épaules et, distraitement, il s'était penché pour ramasser un petit bloc de bois de caroubier qui traînait sur le sol. Sans trop savoir pourquoi, il avait soudainement éprouvé l'envie de sculpter un animal dans ce morceau de bois. Merab ne se connaissait aucun talent pour ce genre d'activité. Depuis qu'il se consacrait à la magie, les figurines de boue qu'il avait été obligé de créer pour jeter ses sortilèges avaient toujours été grossières et naïves. En dépit de sa certitude d'obtenir un piètre résultat, l'envoûteur s'était mis au travail. Muni d'un étroit poignard de cuivre, il avait décidé de façonner le chaton qu'il avait affectueusement caressé dans son étrange rêve.

C'était pour rire, bien sûr. Pour rire de lui-même. Car Merab — est-il besoin de le rappeler? — détestait ces bêtes.

Ce soir-là, demeurant sourd aux appels lancinants de ses muscles, Merab était resté debout durant des heures pour dégrossir le petit bloc au cœur duquel, il le savait, se dissimulait le chaton. Peu à peu, l'animal avait pris forme. Quand, perclus de courbatures, le sorcier avait enfin interrompu son travail pour aller retrouver son lit d'or, la silhouette du petit chat était clairement définie. Bien qu'il fût très tard, le vieil homme avait eu beaucoup de mal à s'endormir. Il venait de se découvrir une nouvelle passion. Son esprit, beaucoup trop enflammé pour céder à l'emprise du sommeil, était chargé d'images; il visualisait le chaton achevé et il s'activait à inventer des méthodes et des outils qui pourraient servir à ciseler avec précision les plus fins détails de l'œuvre. Quatre jours plus tard, le chaton de bois était lové dans la paume frémissante de son créateur. Contre toute attente, la figurine était une merveille de minutie.

Enhardi par cet impressionnant résultat, le sorcier de Seth s'était jeté corps et âme dans la création d'une série de figurines de bois. Il se livrait à cette occupation avec une ardeur et un enthousiasme qui n'étaient pas sans lui rappeler l'époque reculée où il avait parcouru l'Égypte afin de mettre la main sur les rares vestiges laissés par les Anciens. Avant d'entreprendre ses premières recherches pour déterrer des bribes du savoir de cette civilisation disparue, Merab était déjà considéré comme un sorcier fort redoutable. Mais les quelques connaissances qu'il avait acquises grâce aux Anciens avaient contribué à le rendre encore plus puissant. Puis, un jour, il avait déniché un vétuste manuscrit rédigé dans la langue de ce peuple. Ce papyrus détérioré et quasi illisible stipulait que ces gens avaient possédé le secret de la vie éternelle. L'envoûteur n'avait aucun adversaire susceptible de le vaincre. Si telle avait été sa volonté, il eût pu user de sa terrible puissance pour terroriser les stupides habitants de la terre chaotique qu'était l'Égypte en ce temps-là. Sans trop d'efforts, le sorcier eût pu devenir roi. Merab n'avait peur de personne. Il ne craignait qu'une seule ennemie. Une ennemie inéluctable, sombre et mystérieuse : la mort. Après une vie consacrée au mal, l'envoûteur ne pouvait guère espérer obtenir la clémence des dieux. Son unique salut résidait dans l'immortalité. Les Anciens avaient possédé la clé qui pouvait le conduire à ce trésor inestimable. Transporté par cette certitude, Merab avait passé de longues années à chercher ce fabuleux secret. Il était dramatiquement vieux lorsque ses efforts avaient enfin abouti. À l'évidence, la soudaine envie qu'avait éprouvée Merab de sculpter de petits animaux dans des morceaux de caroubier était bien dérisoire en comparaison de l'obsession presque démente qui l'avait autrefois animé. La découverte du secret des Anciens représentait un but crucial qui devait permettre au maléfique personnage de soustraire son âme à l'errance éternelle. La création de petits animaux de bois, quant à elle, n'était rien d'autre qu'un simple passe-temps. Néanmoins…

Néanmoins, il s'agissait bel et bien d'une obsession. Jour après jour, et avec un plaisir sans cesse grandissant, Merab oubliait toutes choses pour se consacrer entièrement à ses minutieuses sculptures. Les lèvres figées dans un sourire béat, les paupières plissées sous les volutes épaisses de ses sourcils blancs, il suivait le jeu de ses vieux doigts en s'extasiant devant leur adresse saisissante et jusque-là insoupçonnée. Au bout d'une semaine, un singe et un lièvre avaient rejoint le chaton sur l'autel de granit qui servait de plan de travail à l'envoûteur. Après un mois, l'autel s'était transformé en une ménagerie qui comptait une vingtaine d'admirables sujets. Avant de se perdre dans cette grisante occupation, Merab avait exprimé le désir de ne pas être dérangé. Deux fois par jour, un serviteur venait lui apporter à manger. Il déposait la nourriture sur un guéridon avant de quitter la pièce. Souvent, le domestique retrouvait les plats intacts. Lorsque Baka venait lui rendre visite, le vieillard jetait un carré d'étoffe sur ses créations. Il manipulait alors un flacon ou un quelconque instrument pour faire croire au chef des adorateurs d'Apophis qu'il se vouait toujours à la sorcellerie. Les visites de Baka dérangeaient le sorcier. Il répondait correctement aux questions du maître, il subissait sans broncher ses palabres inutiles, mais, malgré son visage impassible, Merab bouillait d'impatience. Plus rien ne comptait pour lui. Rien. À l'exception de ses ridicules petits animaux de bois.

Cette passion insensée avait duré trois mois. Le sorcier se devait d'aller retrouver Seth pour lui livrer les joyaux. Toutefois, puisque le grand cataclysme promis par Rê ne devait pas avoir lieu avant deux ans, Merab se disait que rien ne pressait. De même, il savait que Leonis avait disparu. Il l'avait appris en sondant les pensées du pharaon

Mykérinos. Le vieillard s'était un peu inter-rogé à propos de ce mystérieux enlèvement, mais, étant donné qu'il ne croyait pas que l'enfant-lion survivrait, il avait trouvé que cette nouvelle n'avait rien d'alarmant. Merab ne contemplait plus les joyaux. Il sculptait ses animaux en songeant qu'il aurait bien le temps d'aller retrouver son maître. Dès qu'il terminait une nouvelle figurine, il réfléchissait au fait qu'il lui faudrait bientôt quitter le Temple des Ténèbres. Mais l'envie de conti-nuer le reprenait aussitôt. Il se disait : «Un autre. Rien qu'un autre. Ce sera le dernier.» Il y avait ainsi eu plus d'une trentaine de petits animaux qualifiés de «derniers». Ils s'alignaient, témoignant de la servitude de Merab, comme des carafes de vin vides sur la table d'un buveur invétéré. Pourtant, le vieillard ne s'était aperçu de rien. Et, sans le furoncle un peu douloureux qui avait soulevé la chair de son menton, le puissant sorcier de Seth serait peut-être resté plusieurs autres mois sous l'influence pernicieuse des trois derniers joyaux de la table solaire.

En comprenant ce qui se passait, Merab avait senti la peur s'emparer de lui. Éberlué, il avait fait les cent pas dans sa tanière. Sa figure était exsangue, son regard effaré évitait la caisse qui contenait les joyaux. Ses doigts nerveux s'agitaient, encore remplis de ce désir grotesque de façonner le bois. Sans nul doute, les joyaux l'avaient envoûté. En outre, ces divines effigies avaient vraisemblablement affaibli la barrière qui protégeait son corps de la maladie. Était-il toujours immortel? À moins de subir une blessure fatale ou d'ingérer volontairement un virulent poison, le sorcier ne disposait d'aucun moyen de répondre à cette question. Et il va sans dire qu'il n'avait pas l'intention de pousser aussi loin son examen. La frayeur du vieil homme avait fait place à une colère sans nom. Il avait rugi de rage et s'était dirigé vers l'autel. Merab avait brûlé toutes ses figurines. Une voix l'avait exhorté à ne pas le faire, mais il s'était efforcé de résister à cet appel. Les petits animaux de bois s'étaient embrasés un à un en se tordant dans le feu grésillant du flambeau qui éclairait la pièce. Des cendres rougeoyantes débordaient de la vasque lorsque Merab avait ouvert la main pour sacrifier la dernière sculpture qu'il serrait dans sa paume moite. Il s'agissait du chaton. En l'abandonnant aux flammes, le vieux avait sottement fondu en larmes.

Il y avait maintenant deux jours que l'envoûteur avait renoncé à la sculpture. Cet après-midi-là, Baka lui avait demandé d'aller examiner sa sœur Khnoumit qui, depuis plus de quatre mois, croupissait dans un cachot du temple. Un garde avait entendu la captive sangloter. Il était donc allé voir ce qui causait ces pleurs. L'homme avait constaté que Khnoumit avait une large entaille sur le front. Elle saignait abondamment. En maugréant, le sorcier avait accepté de rendre visite à la malheureuse. Lorsque le vieillard pénétra dans la salle du trône, le maître des adorateurs d'Apophis se leva pour se diriger vers lui. Les deux hommes étaient seuls. En tentant de masquer son inquiétude, Baka demanda:

— Comment va-t-elle, sorcier?

— À quoi t'attendais-tu, Baka? répliqua le vieillard. En tenant compte des conditions dans lesquelles se trouve ta sœur, il est étonnant qu'elle soit toujours vivante. Elle s'accroche à la vie. Ses dents se déchaussent, son corps est couvert de croûtes galeuses et elle perd ses cheveux. La blessure qu'elle s'est faite aujourd'hui n'est pas trop grave. Dans ce cachot, elle ne peut presque pas remuer. Son corps a été secoué de spasmes et elle s'est heurté la tête sur la pierre. Elle n'a pas voulu me parler. J'ai dû sonder ses pensées pour savoir ce qui s'était vraiment passé… Tu es un homme étrange, Baka. Tu as enfermé Khnoumit dans ce trou à rat dans le but de la faire souffrir. Pourtant, tu veux à tout prix éviter d'aller constater par toi-même son état. Je n'ai rien contre la punition que tu lui infliges, mais je te trouve bien émotif pour un bourreau.

Merab souriait d'un air ironique. Baka se massait le front avec nervosité. D'une voix éteinte, il déclara :

— Ne te moque pas de moi, sorcier. Je suis incapable de te cacher quoi que ce soit. Tu sais parfaitement que j'ai beaucoup d'affection pour Khnoumit. Elle doit cependant payer pour sa trahison... S'il faut qu'elle meure dans ce cachot, il en sera ainsi... J'aimerais tellement que...

— Tu voudrais qu'elle te supplie de lui pardonner, Baka. Tu aimerais qu'elle se prosterne à tes pieds pour te dire qu'elle a commis une inconcevable erreur. En fait, tu ne m'as pas seulement envoyé la voir pour que j'examine ses blessures. Tu voulais aussi que je sonde son âme afin de savoir si elle n'éprouvait pas l'envie de se repentir. De ce côté, il n'y a rien à espérer, Baka. Ta sœur te déteste. Elle maudit Apophis. Elle prie Isis de la protéger et, quand elle ne prie pas, elle pense à Hay, ce vigoureux combattant à qui elle a donné son cœur. Khnoumit s'accroche à la vie parce qu'elle a toujours espoir que son bien-aimé viendra la délivrer.

— Quelle idiote! aboya le chef des ennemis de la lumière. Ce lâche l'a abandonnée! Il a fui l'Égypte! Bien sûr, si Hay s'était montré, nous l'aurions écrasé comme un moustique! Nous ne lui aurions certainement pas fait l'honneur de le sacrifier au grand serpent Apophis! Nous l'aurions lapidé dans l'enceinte du temple! Ce traître ne reviendra pas! Il doit déjà avoir oublié Khnoumit!

— Peut-être, Baka, fit Merab en gloussant. Toutefois, Khnoumit n'a pas oublié Hay. Vu son état, ta sœur sera probablement morte d'ici trois semaines. Selon moi, elle pensera à Hay au moment de rendre son dernier souffle… Tu pourrais ajouter la torture à la réclusion, mais rien ne pourra atténuer les sentiments de Khnoumit. Elle aime Hay, et son amour pour lui est aussi fort que la haine et le mépris qu'elle éprouve pour toi. Pour elle, tu n'es qu'un scélérat avide de gloire et de puissance. Elle n'a jamais cru à ta cause ni à ton éventuel triomphe.

Le maître des adorateurs d'Apophis serrait les dents et les poings. Son visage était cramoisi. Des veines saillaient sur son front. Dans un murmure chuintant, il demanda:

— À quoi te sert-il de me torturer ainsi, sorcier? Tu es très puissant. Tu serais capable de me tuer d'un simple claquement de doigts... J'ai été bon avec toi. Depuis que nous avons fait alliance, n'ai-je pas accédé à tes moindres désirs? J'admets que je te dois beaucoup, mais ne t'ai-je pas offert ce qu'il te fallait pour rejoindre l'enfant-lion au cœur de la grande mer? Tu me méprises. Tu méprises mes hordes. Néanmoins, ne pourrais-tu pas m'épargner tes sarcasmes?

— Cesse donc de pleurnicher, Baka, répondit Merab en souriant. À t'entendre, on dirait presque que je suis un méchant homme...

L'envoûteur gloussa de nouveau avant d'annoncer:

— Dans quelques jours, tu seras débarrassé de l'insupportable vieillard que je suis. J'en ai assez de ces souterrains. Je vais retourner à Thèbes.

— Tu... tu vas nous quitter? bredouilla le maître en sursautant.

— Je n'ai plus rien à faire ici. Leonis a été éliminé. L'Empire se transformera bientôt en désert. Oh! bien sûr, les combattants du lion finiront peut-être par vous débusquer. Mais tu dois bien te douter que je m'en moque comme de ma première dent de lait... Au

164

fond, Baka, mon départ te soulagera… Car tu n'auras plus à craindre de me voir claquer des doigts.

13
LA HYÈNE
ET L'ENFANT

Le temps des semailles approchait à
grands pas. Des effluves entêtants d'herbe
fraîche et de limon envahissaient la vallée
du Nil. Dans l'aire verdoyante et cernée de
murailles des magnifiques jardins du palais
royal de Memphis, les fleurs de jasmin gorgées
de sève, de chaleur et de lumière exhalaient
un parfum puissant comme un cri d'allégresse. Soumises à la caresse d'une brise légère
venant du delta, les frondaisons des grands
sycomores frémissaient en produisant un
apaisant murmure de chute d'eau. Raya arrêta
son regard sur un oiseau qui sautillait en
serrant triomphalement dans son bec effilé
un ver charnu et vigoureux. Les lèvres de la
jeune fille esquissèrent un vague sourire. La
vie continuait. Malgré tout.

Il y avait maintenant quatre mois que Leonis avait disparu. Tati, sa jeune sœur, n'avait rien su des tragiques événements qui avaient amené l'enfant-lion au seuil de la mort. Raya et Mérit avaient bien manœuvré. Même si elles avaient dû accomplir des prodiges pour ne rien laisser transparaître de leur tristesse et de leur inquiétude, elles étaient parvenues à ne pas éveiller les soupçons de la fillette. Pour Tati, Leonis se trouvait toujours sur cette île lointaine vers laquelle ses compagnons et lui avaient navigué dans le but de découvrir un trésor. L'adolescent était en parfaite santé. Il reviendrait aussitôt qu'il aurait accompli sa tâche. Toutes les deux semaines environ, un messager se rendait chez le sauveur de l'Empire pour confier un rouleau de papyrus à ses servantes. Tati attendait toujours ce moment avec hâte, car chacun de ces rouleaux lui apportait des nouvelles de son grand frère. La lecture des messages de Leonis prenait chaque fois des allures de rituel. Les jumelles et la fillette allaient s'asseoir près du grand bassin situé à proximité de l'allée principale des jardins. En affichant un air grave, Raya déployait le rouleau avec une lenteur méthodique. Ensuite, après avoir laissé planer un lourd silence qui faisait immanquablement piailler Tati d'impatience, la servante commençait à lire le message d'une voix posée aux intonations mystérieuses. L'enfant apprenait alors, et en poussant chaque fois un petit soupir de déception, que les aventuriers n'avaient toujours pas retrouvé le coffre. L'absence de Leonis devrait donc encore se prolonger. Ce dernier décrivait le paysage merveilleux de l'île, et il assurait que, même si Tati lui manquait beaucoup, tout allait bien pour lui. Certes, ces missives étaient fausses. Les rouleaux existaient depuis quelques années déjà. Les colonnes serrées de symboles qui les noircissaient avaient été tracées par les jumelles à l'époque où elles apprenaient à maîtriser la science des scribes. Tati ne savait pas lire. Et tandis que Raya faisait mine de le faire, la fillette effleurait le papyrus avec tendresse, comme si, par ce geste, elle eût pu établir un contact avec son frère. La tête appuyée sur l'épaule de Raya, elle dévorait les hiéroglyphes du regard en regrettant un peu de ne pas pouvoir elle-même les déchiffrer.

Les archives du royaume stipulaient que l'Île de Mérou était un petit paradis luxuriant et regorgeant de richesses. Avant de s'embarquer pour son long voyage, Leonis en avait raconté la légende devant sa sœur et les jumelles. Raya dépeignait donc ce lieu en demeurant fidèle à l'image que les mots de l'enfant-lion avaient engendrée dans leur esprit. Les paroles de la jeune servante confirmaient ce que Tati savait déjà : Leonis évoluait au cœur d'un environnement paisible et d'une beauté exceptionnelle. Là-bas, le sol était recouvert de fleurs, les arbres ployaient sous le poids de leurs fruits, la mer s'habillait de turquoise et le ciel nocturne se parait de tant d'étoiles qu'il faisait mal aux yeux de le contempler trop longtemps. Au fil de ces récits inventés, Raya faisait vivre une multitude d'aventures à Leonis, à Montu, à Menna et à Sia. Ces péripéties n'avaient toutefois rien de dangereux. Elles étaient souvent ponctuées de passages amusants et, invariablement, la lecture des papyrus se terminait dans la bonne humeur. Durant la semaine qui suivait chacune de ces séances, Tati et Mérit s'installaient dans le quartier des femmes pour rédiger un message à l'intention de Leonis. Chaque fois que revenait le faux émissaire, qui était en vérité un domestique du palais, il échangeait le rouleau prétendument envoyé par le sauveur de l'Empire contre celui qui contenait la réponse de sa sœur. Un jour, forcément, Tati finirait par savoir que cette correspondance n'avait été qu'une tromperie. Si Leonis mourait, cette dissimulation prendrait les apparences d'un jeu cruel. Dans le cas contraire, l'enfant-lion lui expliquerait tout. Et Tati comprendrait sans nul doute que le but de ces mensonges avait été de la préserver du chagrin.

Raya et sa sœur étaient assises à l'ombre. Elles avaient déployé une grande couverture sur l'herbe pour ne pas souiller le lin blanc de leurs robes. Tati venait de les quitter pour aller se promener dans les vastes jardins. Mérit caressait le pelage fauve du jeune chien Baï qui dormait contre sa cuisse. Raya observa sa sœur un moment avant de demander à voix basse :

— J'imagine que Menna n'avait rien de nouveau à t'apprendre ?

Mérit retira délicatement sa main du flanc de la bête. Elle soupira et répondit :

— Non, Raya. Nos amis n'ont toujours pas eu la moindre nouvelle du sauveur de l'Empire. Sia leur dit qu'ils ne doivent pas s'inquiéter, mais, comme tu le sais, elle répète la même chose depuis l'enlèvement de Leonis…

Mérit s'interrompit. Un air de tristesse vint assombrir son visage. Raya demanda encore :

— Montu te manque toujours autant, n'est-ce pas ? Comment va-t-il ?

— Montu se porte à merveille. Menna m'a dit qu'il s'entraîne beaucoup et qu'il parle souvent de moi. Il me manque, bien sûr.

Toutefois, ce n'est pas cela qui me trouble… Ce matin, en allant retrouver Menna qui m'attendait au palais, j'ai croisé la servante Bébi. Elle m'a poussée dans l'ombre d'un couloir pour m'annoncer que la princesse Esa avait quitté Memphis. Son départ a eu lieu il y a quatre mois.

— C'est vrai? fit Raya, étonnée. Comment se fait-il que nous n'en ayons rien su? D'habitude, les membres de la famille royale ne peuvent pas sortir de cette enceinte sans soulever une marée de curieux. S'il est vrai que la fille de Mykérinos est partie depuis si longtemps, les domestiques de la cour nous en auraient certainement parlé…

— Tout s'est déroulé dans le plus grand secret. En ce moment, la princesse ne se trouve pas dans l'un des splendides palais du royaume. Elle est confinée dans un temple de Thèbes. Des médecins veillent sur elle… Tout porte à croire que la belle Esa a perdu l'esprit.

Raya ne dit rien. L'incertitude se lisait sur son beau visage. Mérit continua:

— Bébi m'a confié que la princesse avait appris ce qui était arrivé à Leonis. Évidemment, cette nouvelle lui a causé beaucoup de chagrin. Esa ne mangeait plus. Elle pleurait sans arrêt. Bébi était très inquiète pour sa maîtresse. Elle a rencontré la reine Khamerernebty pour l'informer de la situation. Pharaon s'est rendu auprès de sa fille... La servante d'Esa ne sait rien de la discussion qu'il y a eu entre la princesse et son père. Toutefois, durant la soirée qui a suivi la visite du roi, Bébi a pu constater que l'état d'Esa s'était aggravé; elle était assise sur son lit, son regard était fixe et elle ne bougeait pas. Bébi lui parlait, mais Esa n'avait aucune réaction. Ce soir-là, la princesse était semblable à une poupée de son. Avant de la quitter, Bébi l'a incitée à se coucher. Esa s'est laissée faire sans broncher. Quand la servante est sortie de la pièce, la fille de Pharaon semblait dormir. Le lendemain, Bébi s'est levée à l'aube. Elle était plutôt anxieuse et elle s'est précipitée dans la chambre de sa maîtresse... Esa était debout au centre de son grand bain de granit. Sa figure était couverte de sang. La malheureuse avait complètement rasé ses cheveux. Bébi était trop saisie d'effroi pour crier. La princesse a tourné les yeux vers elle. Avec un sourire inquiétant, elle a dit: « Je serai laide, ma tendre Bébi. Désormais, je serai laide. »

Mérit dut s'interrompre. Le chagrin lui nouait la gorge. Raya était horrifiée. Elle bredouilla d'une voix blanche:

— Esa ne... Elle ne s'est tout de même pas défigurée... Dis-moi qu'elle n'a pas pu faire une chose pareille, Mérit. Ce... ce serait trop atroce...

En s'essuyant les yeux, Mérit rassura sa sœur :

— Sois tranquille, Raya, son visage est intact. Pharaon a appris à Bébi que le sang provenait de quelques vilaines coupures qu'Esa s'était faites sur la tête en la rasant. N'empêche que cette pauvre servante a eu très peur en découvrant la scène. Pour empêcher sa maîtresse de s'en servir de nouveau, elle s'est tout de suite emparée de la lame de cuivre qui se trouvait sur le rebord du bassin de pierre. Ensuite, elle a crié de toutes ses forces pour alerter les gardes chargés de surveiller l'entrée des quartiers de la princesse. Mykérinos est venu rapidement. En l'apercevant, Esa s'est mise à hurler. Elle s'est tellement débattue que les gardes ont eu de la difficulté à la maîtriser. Le roi a ordonné à Bébi de sortir. Depuis, elle n'a plus revu Esa. Pharaon l'a un peu réconfortée en lui affirmant que les blessures de sa fille étaient sans gravité. Après lui avoir annoncé qu'Esa serait conduite à Thèbes, il lui a fait promettre de ne rien révéler de ce qu'elle avait vu... Malgré tout, Bébi m'a tout raconté. Elle avait besoin de se confier à quelqu'un. Elle regrette tellement d'avoir laissé la princesse toute seule. J'ai tenté de la convaincre qu'elle n'y était pour rien, mais...

Des cris hargneux retentirent dans les jardins. Mérit fut forcée de s'interrompre. Baï bondit sur ses pattes et poussa une série d'aboiements aigus. Les jumelles tournèrent les yeux vers l'entrée de l'enceinte et elles constatèrent qu'un groupe de soldats franchissait le poste de surveillance. Ces hommes étaient sûrement des combattants de l'Empire, mais ils ne portaient pas le pagne plissé des soldats de la garde royale. Ils étaient armés de lances, et leur visage exprimait un mélange de haine et de triomphe. Indécises, Raya et Mérit se levèrent. Les combattants hurlaient des insultes et, durant un moment, les jeunes filles eurent l'impression que ces guerriers s'invectivaient entre eux. Elles comprirent qu'elles se trompaient lorsqu'elles remarquèrent la présence du prisonnier qu'ils escortaient. L'homme était grand et musclé. Sa figure tuméfiée révélait qu'il avait été copieusement battu. Ses poignets étaient garrottés dans son dos. L'entrave qui reliait ensemble ses chevilles l'obligeait à faire des pas courts et incertains. Un troisième lien enserrait son cou. L'autre extrémité de cette corde était tenue par un colosse qui, de toute évidence, prenait un malin plaisir à gêner la marche et la respiration du captif. On accablait ce dernier d'injures et de coups. Une cicatrice violacée marquait la poitrine de l'individu. Les jeunes filles reconnurent d'emblée ce symbole qui représentait un serpent enserrant le soleil dans ses anneaux. Il désignait les Hyènes, ces membres des troupes d'élite des adorateurs d'Apophis. Le prisonnier trébucha et reçut un coup de pied dans le ventre. Ce geste fut salué par un tonnerre de rires. Celui qui tenait la corde ne laissa pas le temps à l'infortuné de reprendre son souffle. Dans un râle, l'ennemi de la lumière fut contraint de se remettre debout. Mérit parvint à détacher son regard de cette épouvantable scène. Baï grognait en montrant ses crocs. Avec angoisse, Raya murmura:

— Il faut retrouver Tati. Il ne faut pas qu'elle assiste à cette…

Mérit toucha l'épaule nue de sa sœur pour attirer son attention. Raya aperçut aussitôt Tati qui se tenait au centre de l'allée principale. Pétrifiée, la fillette avait les yeux rivés sur le groupe de soldats qui marchaient dans sa direction. Ses traits exprimaient plus d'incompréhension que de crainte. Les servantes s'avancèrent vers Tati. Soudainement, elles virent le visage de l'enfant se métamorphoser. Il passa de la perplexité à l'étonnement, puis de l'étonnement à la colère. La petite ignora Raya qui criait son nom. Elle se rua vers les soldats en rugissant :

— Lâchez-le ! C'est monsieur Hay ! Pourquoi lui faites-vous du mal ? C'est monsieur Hay ! Il est gentil !

Un combattant saisit le bras de la sœur de Leonis. Elle lui flanqua quelques coups de pied inoffensifs dans les tibias. Elle cria de plus belle et tenta de mordre la main qui la retenait. L'homme la repoussa et Tati roula dans l'herbe. Baï passa à l'action. Il s'élança et ses crocs se refermèrent sur le poignet gauche du gaillard qui avait brutalisé la fillette. L'homme proféra un juron. Le manche de sa lance percuta les reins de la bête. Baï s'éloigna en glapissant et en boitillant. Tati voulut se relever dans le but évident de se précipiter une nouvelle fois sur le groupe. Raya s'agenouilla et l'enlaça avec fermeté pour la maintenir au sol. Interloqués par l'intervention de l'enfant, les soldats s'étaient immobilisés. Tati se débattait toujours afin d'échapper à l'étreinte vigoureuse de la servante. La voix rauque de Hay s'éleva :

— Calme-toi, ma poupée. Tu es fort courageuse, mais ces combattants sont trop nombreux pour toi.

La petite cessa de s'agiter. Hay toussa et déglutit avec peine avant de reprendre la parole :

— Comme tu es belle, Tati ! Je suis si heureux de voir que tu vas bien ! Reste calme et lève-toi. Laisse-moi te regarder un moment.

En constatant que sa protégée avait repris son sang-froid, Raya ouvrit les bras. Elle garda cependant la main de Tati dans la sienne et l'aida à se relever. Un sourire étira les lèvres enflées et ensanglantées du captif. Dans un souffle chevrotant, la fillette l'interrogea :

— Pourquoi ces soldats vous font-ils souffrir, monsieur Hay ? Pourquoi vous ont-ils attaché comme une bête ? Qu'ont-ils fait à votre poitrine ? Vous n'êtes pas méchant. Vous…

La corde qui ceignait le cou de Hay se tendit violemment. En grimaçant, le prisonnier fut forcé de reculer. Le soldat qui tenait le lien avait perdu patience. Il observa Tati avec mépris et s'exclama :

— Ça suffit, petite sotte ! Ce fourbe est un ennemi de l'Empire ! J'ignore comment il se fait que tu le connaisses, mais j'aviserai le commandant de la garde royale de ce qui vient de se produire ! Pour le moment, nous devons amener ce triste individu dans son trou à rat !

Si tu as l'intention de recommencer tes idioties, sache que, cette fois, tu pourrais vraiment le regretter!

La sœur de l'enfant-lion voulut répliquer. D'un mouvement de la tête, Hay lui signala que c'était inutile. Tati se laissa choir sur le sol. Raya glissa une main tendre dans ses cheveux. Les combattants se remirent en marche. La fillette les suivit des yeux. Après un long moment de silence, elle dit à l'adresse des jumelles:

— C'est monsieur Hay… Il m'a sauvé la vie… Il faut envoyer un message à Leonis. Il ne faut pas que ces soldats le tuent. C'est monsieur Hay… Il… il est tellement gentil.

Tati frappa le sol d'un poing las. Elle commença à sangloter. Les servantes échangèrent un regard entendu. Mérit retira ses sandales. Elle les laissa tomber sur l'herbe drue avant de se diriger d'un pas rapide vers la grande demeure.

14
LES CONFIDENCES
D'UN TRAÎTRE

Les combattants avaient enfermé le prisonnier dans l'un des cachots qui étaient situés sous le palais de Memphis. Mérit avait vite rejoint Menna pour lui raconter ce qui s'était passé dans les jardins. Heureusement, depuis la veille, le compagnon de Leonis se trouvait au palais. Il avait réagi sans attendre. Il était allé voir Mykérinos pour lui demander d'interdire aux soldats de malmener davantage l'adorateur d'Apophis. Après quelques brèves explications, le pharaon s'était laissé convaincre d'autoriser le jeune homme à rencontrer le captif. Lorsque Menna s'engagea dans le couloir qui menait aux cachots, le corpulent commandant Inyotef l'attendait. Le chef de la garde royale soufflait comme un bœuf éreinté. Son visage joufflu et cramoisi était couvert de sueur. Il salua Menna d'un geste discret et annonça :

— Il n'y a plus personne dans le couloir, commandant. J'ai ordonné aux soldats et aux gardes d'aller prendre l'air. Vous serez seul avec le prisonnier. Mais vous n'aurez rien à craindre. La porte du cachot est solide et cette brute est ligotée.

— Je vous remercie, Inyotef. Comment va-t-il ?

— Ceux qui ont escorté ce scélérat jusqu'ici l'ont un peu abîmé, mais il est costaud. Il semble résolu à ne rien dire. À mon avis, il resterait muet même si on lui arrachait les ongles.

— Nous verrons bien, fit Menna d'un air songeur. À présent, vous pouvez aller retrouver vos soldats. Je vous avertirai quand j'en aurai terminé avec ce type.

Le militaire approuva en silence. Il salua une nouvelle fois Menna de sa main potelée ; puis, d'un pas traînant, il tourna les talons pour regagner la sortie.

Hay ne leva même pas les yeux lorsque Menna posa un tabouret devant les robustes barreaux qui bloquaient l'entrée de sa cellule. Pieds et poings liés, le malheureux était couché sur le flanc. Comme l'avait mentionné Inyotef, il était costaud. C'était même un colosse. La marque au fer rouge des adorateurs d'Apophis tranchait crûment sur sa peau cuivrée. Une autre cicatrice, visiblement plus récente, formait un profond sillon dans la chair de son épaule gauche. Il n'y avait pas la moindre trace d'agressivité sur son visage tuméfié. Ses traits et son regard n'exprimaient rien d'autre qu'une totale abdication. Menna s'assit sur le tabouret et, d'un ton froid, il dit:

— J'imagine que tu as dû connaître des jours plus heureux, Hay…

Le captif resta impassible. Menna enchaîna:

— Tati prétend que tu lui as sauvé la vie. Si c'est la vérité, sache que tu t'es attiré la reconnaissance du sauveur de l'Empire. Je n'ai pas encore interrogé la petite. Je me questionne beaucoup à ton sujet. Tu es une Hyène, n'est-ce pas? Or, d'après ce qu'on m'en a dit, les Hyènes sont de très redoutables combattants qui ne craignent ni la souffrance ni la mort. Les gaillards comme toi ne reculent devant rien pour défendre leur cause. Pourtant, tu es venu en aide à la sœur de votre pire ennemi. Dis-moi, Hay, pour quelle raison es-tu devenu un traître?

Un sourire se dessina sur les lèvres du prisonnier. Malgré ce signe encourageant, il s'entêta à garder le silence.

— Je peux t'aider, Hay, affirma Menna. Seulement, il faudra que tu m'aides aussi… Tu as trompé tes frères. Le savent-ils? J'en doute. Ce que tu as fait est très grave. J'imagine que les adorateurs d'Apophis ne sont pas du genre à pardonner la trahison…

Hay se racla la gorge et répondit enfin :

— Crois-moi si tu le veux, blanc-bec, mais je ne suis plus un adorateur d'Apophis. Je porterai toute ma vie le symbole du grand serpent. Toutefois, je ne fais plus partie des hordes de Baka. J'aimais beaucoup la petite Tati. Je l'ai délivrée. C'est tout. Je me moque de la reconnaissance du sauveur de l'Empire. Ce que j'ai fait, je l'ai fait pour cette enfant. Baka sait que je l'ai trahi. Si je n'avais pas quitté l'Égypte durant quelques mois, mes anciens compagnons m'auraient sans doute déjà retrouvé. Il ne resterait plus de moi que des os blanchis et recouverts par le sable du désert… Tu ne peux pas m'aider, mon vieux. D'ailleurs, quand les soldats m'ont capturé, je me proposais d'en finir moi-même avec cette existence pourrie… Et dire que j'ai cru que les choses pouvaient changer…

— Puisque tu avais réussi à te sauver, pour quelle raison as-tu pris le risque de revenir sur la terre d'Égypte ?

— Je n'ai pas trop envie d'en discuter, mon gaillard. Mes os me font souffrir. Cet endroit sent le pipi de chat. Je trouve le sol très inconfortable et tes amis ont transformé ma figure en pastèque. J'ai déjà entendu dire que le pharaon savait recevoir ses invités. Si jamais tu le croises, voudrais-tu lui dire que j'aurais peut-être une ou deux plaintes à formuler?

Menna ne put réprimer un rire. Il admirait le sang-froid de Hay. Cet homme pouvait s'attendre aux pires souffrances. Pourtant, il crânait. Le chef des combattants du lion plaqua son front contre les barreaux pour demander à brûle-pourpoint:

— Où se trouve le Temple des Ténèbres?

Hay pouffa. Une lueur d'amusement éclaira son regard. Il toussa avant de murmurer sur le ton de la confidence:

— Le repaire des adorateurs d'Apophis se trouve dans le désert. Voilà, je t'ai tout avoué, mon vieux. Tu salueras ce cher Baka de ma part.

— Le désert, répéta Menna sans se démonter. C'est déjà un renseignement, Hay.

— Je fais de mon mieux pour être gentil avec toi, blanc-bec. Il est préférable que tu ne saches pas à quel endroit est situé le Temple des Ténèbres. Mes anciens camarades vous découperaient en morceaux, tes amis et toi. Les soldats de Mykérinos sont mal entraînés. Ils ne pourraient pas rivaliser avec ceux de Baka. Plus vous seriez nombreux à attaquer le Temple des Ténèbres et plus vous auriez de morts à déplorer. Le temps des semailles sera bientôt là, jeune homme. Cesse donc de te prendre pour un guerrier. Tu dois songer au bien de l'Empire. Le pharaon aura besoin de bougres comme toi pour répandre l'orge et l'épeautre dans la vallée du Nil.

— Les ennemis de la lumière ne sont pas invincibles, Hay. À moi seul, j'en ai déjà tué une bonne quinzaine.

Le captif émit un rire sifflant.

— Tu es vraiment très drôle! s'exclama-t-il. Si je n'étais pas déjà étendu par terre, je m'écroulerais de rire! Tu ne devrais même pas oser rêver à de semblables exploits. Tu t'adresses à un combattant aguerri. Je sais reconnaître un véritable guerrier quand j'en vois un. Or, en t'observant, je me demande si tu serais seulement capable de tenir un arc dans le bon sens!

— Au cours de la dernière année, les ennemis de la lumière ont subi plusieurs revers, déclara Menna. Le maître Baka ne vous en a peut-être rien dit, mais plusieurs de vos hommes sont morts sous nos flèches.

— Baka nous a informés de ces défaites. Je dois admettre que les armées du pharaon ne comptent pas que des imbéciles dans leurs rangs. Parmi vos soldats, il existe un brave que Baka aurait bien aimé avoir à ses côtés. Le maître a même clamé son nom dans l'enceinte du Temple des Ténèbres. Je ne me souviens pas de ce nom. Je sais juste que cet habile combattant a été désigné pour protéger l'enfant-lion. Je te conseille de rencontrer cet homme, blanc-bec. Il pourrait sans doute t'enseigner à te servir d'un arc sans te crever un œil.

— Je connais très bien ce combattant, Hay. Il se nomme Menna. En ce moment même, il est assis devant la porte d'un cachot et il cause gentiment avec un adorateur d'Apophis qui croit avoir affaire à un jeune gaillard inexpérimenté et prétentieux.

Cette révélation fit légèrement tressaillir le captif. Il examina longuement son visiteur avant de soupirer :

— Puisque tu le dis, tu es sans doute Menna. Mais je te jure que je ne suis plus un adorateur d'Apophis. En vérité, tu causes gentiment avec un homme qui n'est plus rien, sinon un lâche et un traître… J'ai de la difficulté à concevoir qu'un brillant guerrier comme toi puisse se montrer aussi confiant. Il faut que tu sois fou pour envisager la victoire de vos armées contre celle des ennemis de la lumière. Tu devrais laisser tomber, jeune homme. Ces fanatiques sont trop forts pour vos combattants. Baka peut compter sur des sujets sanguinaires et dévoués à sa cause. Les Hyènes se battent sans jamais fléchir. Seule la mort peut les arrêter. Si j'étais le pharaon, je réfléchirais longuement avant de lancer mes minables soldats à l'assaut du Temple des Ténèbres. Le combat ne fera que commencer quand vos hommes se jetteront à genoux pour demander grâce aux adorateurs d'Apophis.

Menna s'étira et fit craquer ses jointures. Avec un large sourire, il dit d'un ton assuré :

— Nous vaincrons, Hay. Je suis heureux de constater que tu n'en crois rien. Tes paroles m'indiquent que les ennemis de la lumière ne s'estiment pas menacés. Il est vrai que les soldats de Pharaon sont peu aguerris. Il y a bien longtemps que la paix règne sur la terre d'Égypte. Nos militaires sont surtout affectés à la surveillance des digues, des chemins, des cités et des nécropoles. Étant donné que tu viens tout juste de me proposer de le faire, tu n'ignores pas que, chaque année, durant les semailles et les moissons, nombreux sont les combattants du roi qui doivent quitter temporairement les armées pour aller travailler dans les champs. De toute évidence, ces hommes connaissent davantage le limon de la terre que le sang de la bataille. J'admets que les soldats de Mykérinos seraient incapables de rivaliser avec ceux de Baka. Ils ne participeront donc pas au combat. Les gaillards qui se préparent à attaquer votre repaire sont de redoutables guerriers, Hay. Tu dois me croire. Nous finirons par débusquer Baka. Sa fin est imminente.

Le regard de Menna brillait d'un éclat vif. Il fixait le captif sans ciller. Une inflexible détermination se lisait sur sa figure. Les doutes de Hay se dissipèrent comme de la vapeur dans la brise. Ses traits se détendirent et il ferma les paupières. D'une voix légèrement tremblante, il dit :

— Tu es un brave, Menna. J'ai déjà été un brave. Je sais que tu dois grandement me mépriser. Non pas parce que j'ai servi dans les rangs de vos ennemis, mais bien parce que j'ai trahi mes compagnons d'armes. J'ai le sentiment que tu es un homme juste. Je suis prêt à tout te divulguer sur le Temple des Ténèbres. Mais, d'abord, je vais t'exposer les raisons qui m'ont poussé à devenir un traître. En échange des renseignements que tu veux obtenir, j'exigerai que tu me fasses une promesse.

— Je t'écoute, Hay, murmura Menna. Comme je te l'ai déjà dit, je suis en mesure de t'aider.

— En ce qui me concerne, je n'ai aucune inquiétude. Mon âme est perdue. Je suis un assassin. J'ai été l'ennemi du pharaon et je n'espère pas sa clémence. Lorsqu'un type comme moi se retrouve en prison, il ne doit pas maudire son sort. Je vais certainement mourir dans ce cachot. Seulement, il aurait fallu que je sois tout à fait idiot pour ne pas envisager une telle possibilité… J'ai toujours vécu dans la noirceur. Je m'y sentais bien. C'était du moins ce que je croyais. Quand j'ai enfin pu voir la lumière, tout a changé en moi… Je suis l'un des responsables de l'enlèvement de la petite Tati. Elle travaillait comme esclave dans un atelier de Thèbes et nous n'avons eu aucune difficulté à la sortir de ce nid de cloportes. J'étais en compagnie de mon ami Amennakhté. Baka nous avait placés sous les ordres d'un jeune imbécile qui se nommait Hapsout…

— J'ai connu cet homme, intervint Menna. Il est mort, maintenant.

— Vraiment ? lança Hay en souriant. Comment est-ce arrivé ?

— Je te raconterai peut-être cela un jour, Hay.

Le captif acquiesça d'un signe de tête. Il se racla la gorge et poursuivit :

— Lorsque nous avons retrouvé Tati, Hapsout a dû offrir beaucoup d'or à la contremaîtresse de l'atelier pour qu'elle accepte de nous laisser partir avec la fillette.

Avant de quitter Thèbes, j'ai tué la femme pour récupérer cet or. Une barque nous attendait dans le port. Baka possède un domaine aux environs de Memphis. Nous y avons conduit Tati. Elle a été confiée à Khnoumit, la sœur de Baka. À ce moment, j'étais loin de me douter que je reverrais cette enfant. Peu de temps après, nous avons tenté de piéger le sauveur de l'Empire en l'attirant dans les ruines d'un temple. Nous l'avions menacé de tuer sa sœur s'il refusait de venir à ce rendez-vous. Il est venu, mais le piège s'est refermé sur nous. Cette nuit-là, mon compagnon Amennakhté a été tué. J'ai moi-même été grièvement blessé. Une flèche m'a transpercé l'épaule et j'ai perdu beaucoup de sang. En plus, durant cette embuscade, nous avons été attaqués par des centaines de chats. Les blessures que ces bêtes m'ont infligées m'ont rendu très malade. Je me suis réveillé une semaine plus tard dans la maison de Khnoumit… Elle a pansé mes plaies. Cette femme aimait Tati de toutes ses forces. Elle savait que la petite était la sœur de notre ennemi. Pourtant, elle s'est rapidement attachée à elle. Elle menaçait même de s'enlever la vie si les adorateurs d'Apophis osaient faire du mal à sa nouvelle protégée. Baka était inquiet pour sa sœur. Il a profité de ma convalescence pour m'ordonner de la surveiller. Khnoumit détestait son frère. Elle crachait sur les stupides convictions des adorateurs d'Apophis. Pour elle, je n'étais rien d'autre qu'une grosse brute. Malgré tout, nous sommes tombés amoureux l'un de l'autre. C'est l'amour qui m'a poussé à renier Baka. Khnoumit et moi, nous avons planifié notre fuite. Nous tenions également à délivrer Tati. Une partie de notre plan a fonctionné. Je suis heureux de savoir que la petite est parvenue à rejoindre le palais. J'ai dû l'abandonner dans le port pour éviter d'être interpellé par les soldats qui patrouillaient dans les rues de la cité. Ensuite, je me suis lancé à la poursuite de Khnoumit. En prétendant qu'elle voulait rendre visite à leur sœur, elle avait convaincu Baka de la laisser partir en direction du sud. Six hommes l'escortaient. Je me proposais d'éliminer ces combattants aux alentours d'Edfou. Quelques jours plus tard, j'aurais traversé la frontière avec Khnoumit. Nous aurions été libres… Par malheur, Baka a deviné que sa sœur cherchait à s'enfuir. J'ignore comment il l'a su… Un groupe d'adorateurs d'Apophis a rattrapé l'expédition de Khnoumit. J'étais dissimulé derrière un rocher qui surplombait la route. J'ai vu ma bien-aimée se débattre. L'attitude de ces hommes m'indiquait que tout était perdu. Ils ont supprimé la fidèle servante de Khnoumit. Après quoi, ils ont fait volte-face pour se diriger vers le nord... J'ai observé la scène sans intervenir. Bien sûr, si je m'étais montré, ces gaillards m'auraient tué. Mais la mort aurait été une bonne chose en comparaison de la honte qui me ronge depuis ce jour. J'ai agi avec lâcheté. J'ai quitté l'Égypte pour fuir la colère de Baka... Je suis revenu. Je n'ai pas pu faire autrement. Il y a quelques jours, j'ai suivi l'un des gardes chargés de la surveillance du domaine que dirigeait Khnoumit. Il se rendait dans un cabaret situé un peu à l'écart de la cité. Il faisait noir. J'ai entraîné ce type hors du sentier. Je lui ai mis un poignard sous la gorge et je lui ai demandé où se trouvait Khnoumit. Il m'a dit que Baka l'avait fait conduire au Temple des Ténèbres. Ces paroles ont été ses dernières... Les soldats m'ont capturé pendant que je me lavais dans le fleuve. Le symbole du grand serpent m'a trahi. La sœur de Baka est innocente. Toute sa vie, elle a été captive de son frère. Elle méprise Apophis et je l'ai souvent vue prier Isis. Tati doit sa libération à cette merveilleuse femme. Si Khnoumit est toujours vivante lorsque vous attaquerez le repaire de Baka, je veux que tu me promettes qu'aucun de vos soldats ne lui fera de mal. Je veux aussi qu'elle obtienne le pardon de son cousin Mykérinos. Ma belle Khnoumit mérite d'être libre et heureuse. Promets-moi qu'il en sera ainsi, Menna, et tu sauras tout ce que tu veux savoir.

Sans hésiter, Menna promit.

15

LE RETOUR
DE L'ÉLU

Ipi dénoua le bandeau opaque qui, depuis des heures, couvrait les yeux de Leonis. Ébloui par la lumière cinglante du soleil, l'enfant-lion plaqua ses mains sur sa figure en poussant un gémissement rauque. Il vacilla et Ipi dut lui saisir un bras pour l'aider à rétablir son équilibre. Leonis se frotta énergiquement les paupières. Ensuite, en battant des cils, il examina les dunes qui semblaient se mouvoir devant son regard brouillé de larmes.

— Nous sommes à l'ouest du Nil, lança Ipi d'un ton morne. Le Fayoum n'est plus très loin. Si tu marches vite, tu l'atteindras d'ici une heure.

Le sauveur de l'Empire demeura bouche bée. Il était désorienté et anxieux, un peu comme s'il venait d'émerger d'un cauchemar. Il tourna la tête avec lenteur et considéra longuement Ipi. Le jeune homme devait avoir vingt ans. Ses longs cheveux noirs tombaient en boucles serrées sur ses épaules nues et musclées. Aucune expression ne se lisait sur son beau visage. Ses lèvres pleines étaient figées dans une moue enfantine. Ses iris d'un noir profond et chatoyant avaient le lustre minéral d'une carapace de scarabée. Leonis connaissait très peu cet individu. La veille, la sorcière Maïa-Hor lui avait annoncé que le temps était venu pour lui de regagner l'Égypte. Après avoir passé une dernière nuit dans les quartiers qui, durant des mois, avaient constitué son unique univers, l'adolescent avait été tiré du lit par la mère de Sia. Elle lui avait présenté Ipi en l'informant que cet homme lui ferait quitter le monde des Anciens et l'escorterait jusqu'à la frontière des Deux-Terres. Ce matin-là, Leonis n'avait presque rien mangé. Sa nervosité lui coupait l'appétit. Il avait chaussé des sandales et revêtu une longue robe de lin rêche. Maïa-Hor lui avait ensuite bandé les yeux en murmurant :

— Au revoir, mon garçon. Quoi qu'il arrive, n'oublie pas de rester fidèle à tes serments.

— Je tiendrai parole, avait affirmé l'enfant-lion avec gravité.

Sans rien ajouter, la doyenne des enchanteresses du Temple d'Horus avait déposé un baiser sur son front. Ipi avait pris la main de Leonis dans la sienne, et les jeunes gens s'étaient mis en route. Le sauveur de l'Empire s'était laissé conduire en faisant de son mieux pour ne pas nuire à son guide. Sa main droite était libre, il mourait d'envie de jeter un œil sur le pays inconnu dans lequel il évoluait, mais il n'avait pas l'intention de se hasarder à déplacer le bandeau qui lui obstruait la vue. Ipi l'avait entraîné dans une longue randonnée. S'il n'avait rien pu voir du monde des Anciens, Leonis avait tout de même été en mesure de humer des odeurs qui lui rappelaient l'Égypte : des parfums de fleurs, de fruits et d'encens ; des relents de sueur, de lait caillé et de fumier. Il avait entendu des hommes et des femmes s'interpeller dans une langue chantante qu'il ne comprenait pas. Le meuglement d'un bœuf et les aboiements lointains d'un chien étaient venus se mêler à une rumeur qui évoquait celle de n'importe quelle cité plongée dans l'effervescence d'un jour de marché. Durant cette première partie du trajet, Leonis avait aussi perçu une multitude de sons et d'exhalaisons qu'il avait été incapable de reconnaître. Ipi et l'enfant-lion s'étaient arrêtés. Puis, comme s'ils s'étaient soudainement retrouvés emmurés dans un tombeau, un profond silence les avait enveloppés. Le guide avait alors invité Leonis à s'asseoir sur le sol moelleux de l'endroit où ils se trouvaient. L'atmosphère de ce lieu était écrasante. L'air était chargé d'une odeur métallique. Un bourdonnement sourd avait rempli l'espace et, pendant un court instant, le sauveur de l'Empire avait eu l'impression que son corps s'allégeait. Cette sensation lui avait remué les entrailles. Un bêlement craintif avait franchi ses lèvres. Avec froideur, Ipi lui avait assuré que tout allait bien.

Combien de temps s'était écoulé entre l'instant où le bourdonnement s'était fait entendre et celui où il s'était enfin tu? Une heure? Peut-être même deux? L'enfant-lion n'eût pu le dire. L'attente lui avait toutefois semblé interminable. Il ne se sentait pas fatigué et il s'interrogeait sur l'utilité d'un tel répit. Au cours de cette halte, les jeunes gens étaient restés assis. Leonis avait tenté d'engager la conversation avec son guide, mais les répliques brèves et bourrues de celui-ci l'avaient rapidement découragé. Quand l'étrange fourmillement intérieur qu'il avait ressenti plus tôt s'était de nouveau manifesté, l'adolescent avait failli vomir. Par bonheur, un courant d'air frais était venu lui caresser le visage, et son malaise s'était dissipé. Ipi l'avait aidé à se relever. Ils avaient enfin poursuivi leur marche. À ce moment, puisque les claquements de leurs sandales sur le sol dur se répercutaient autour d'eux, Leonis avait compris qu'ils se trouvaient dans un couloir. Après avoir cheminé longtemps dans ce passage, les voyageurs s'étaient encore arrêtés. Comme cela avait été le cas auparavant, l'enfant-lion avait eu la subite impression de se retrouver dans une pièce close. Ipi lui avait une nouvelle fois demandé de s'asseoir par terre. Leonis avait obéi. Durant ce second répit, qui lui avait semblé aussi long que le premier, il n'avait perçu aucun bourdonnement. En outre, aucune sensation désagréable n'était venue lui remuer les viscères. Il avait toutefois sursauté lorsqu'un souffle ardent comme l'haleine d'un four avait brutalement balayé la douce tiédeur de l'air ambiant. Le changement avait été si vif que le sauveur de l'Empire avait craint de suffoquer ou de périr dans les flammes! Il avait voulu se débarrasser du bandeau, mais l'intervention vigoureuse d'Ipi l'en avait empêché. Le guide lui avait saisi les poignets avant d'aboyer:

— Tu n'as rien à craindre, mortel! Cette chaleur est celle du désert! Tu es de retour dans ton monde!

L'adolescent était parvenu à se calmer. Mais son cœur battait encore à tout rompre lorsqu'il s'était mis debout. Ipi l'avait orienté en le prenant par les épaules. Leonis avait foulé le sable brûlant des dunes. Sans la protection que lui offraient ses sandales, il eût sans doute hésité à s'aventurer plus loin. Avant qu'Ipi ne consentît enfin à débarrasser l'enfant-lion de son bandeau imbibé de sueur, les jeunes gens avaient franchi une longue distance sous le soleil implacable du désert. À présent, Leonis observait son guide d'un air ahuri. Le jeune homme le toisa un moment. Il lui tendit une outre d'eau et il dit :

— Tu te demandes par quel prodige nous nous sommes retrouvés ici, n'est-ce pas ? Ne compte pas sur moi pour te renseigner, mortel. J'ai rempli ma mission et je dois maintenant te quitter.

— Je... j'espère que je ne m'écarterai pas de ma route, balbutia Leonis. Pourquoi m'abandonnes-tu si loin de Memphis ?

— Tu ne dois pas regagner Memphis, répondit Ipi. Sia a communiqué avec Maïa-Hor. J'ai reçu l'ordre de te laisser ici. Quand tu auras atteint les environs du Fayoum, la sorcière d'Horus viendra à ta rencontre. De toute manière, tu ne pourras pas t'égarer. Tu n'auras qu'à suivre tes vieux amis...

Ipi leva les yeux. Leonis l'imita. Il aperçut aussitôt deux faucons qui planaient dans le bleu éblouissant du ciel. Le sauveur de l'Empire dut rapidement baisser la tête. En se frictionnant de nouveau les paupières, il déclara :

— Sur l'Île des Oubliés, j'ai vu mourir l'un des oiseaux de Sia. Il s'agissait d'Amset. Je l'ai reconnu grâce à son bec : il était légèrement plus pâle que celui de son frère Hapi. Je présume que Sia s'est trouvé un nouvel allié…

— Tu n'auras qu'à le lui demander, jeta sèchement Ipi avec un haussement d'épaules.

L'enfant-lion émit un petit rire grinçant. Il riposta avec ironie :

— J'ai adoré voyager en ta compagnie, mon vieux. Ta bonne humeur et ta conversation vont me manquer.

Ce fut comme si le guide n'avait rien entendu. Sans saluer Leonis, il prit la direction du sud. L'adolescent secoua la tête d'un air désabusé. Il vit Ipi disparaître entre deux dunes. Après avoir brièvement observé le vol circulaire des faucons, il se pencha pour déposer son outre et saisir une poignée de sable qu'il fit couler entre ses doigts. Il était de retour ! Il était vivant ! Il s'agenouilla et leva les bras au ciel pour pousser un puissant rugissement d'allégresse. L'un des oiseaux de proie le salua d'un cri aigu.

Une heure plus tard, le sauveur de l'Empire atteignit une zone parsemée de buissons rabougris. Devant lui se dressait la barrière luxuriante du Fayoum. Il avait marché d'un pas rapide et soutenu. Le rythme des battements de son cœur était lent et régulier. En dépit de la chaleur torride, il respirait avec aisance. Ses poumons étaient redevenus comme avant. En vérité, ils étaient mieux qu'avant. Jamais l'enfant-lion ne s'était senti aussi vigoureux. Était-ce une illusion ? Il ne le croyait pas. Machinalement, l'adolescent effleura le tissu de sa tunique à l'endroit où, à présent, une discrète cicatrice marquait son flanc. Il avait frôlé la mort. La vénérable Maïa-Hor lui avait expliqué que Sia avait agi avec une célérité extraordinaire. Après avoir constaté la gravité de son état, elle avait plongé Leonis dans un sommeil à ce point profond que même la souffrance ne pouvait plus l'atteindre. L'enchanteresse avait ensuite utilisé sa magie pour endiguer le flot de son sang et pour freiner la progression du mal. Puis, les Anciens avaient pris la relève.

Le sauveur de l'Empire n'avait pas la moindre idée des moyens qu'avait utilisés le peuple de Sia pour le guérir de ses blessures.

Lorsqu'il avait émergé de son long sommeil, il y avait déjà deux mois que la sorcière d'Horus l'avait confié aux soins des Anciens. Leonis avait ouvert les yeux dans une pièce où tout était blanc. Il était couché dans un lit douillet, il ne se sentait pas ankylosé et il n'éprouvait aucune douleur. Maïa-Hor était à ses côtés. En premier lieu, l'adolescent s'était affolé. L'endroit où il se trouvait lui était étranger. Il ne connaissait pas cette femme au visage serein qui l'observait avec attention. Il ne se rappelait même plus qui il était. Leonis était trop faible pour se lever. Il était effrayé, mais, de sa voix douce et mélodieuse, Maïa-Hor était parvenue à apaiser ses craintes. La femme lui avait longuement caressé les cheveux en murmurant son nom dans le but de raviver ses souvenirs. Cette méthode avait donné d'excellents résultats. Après un court moment, l'enfant-lion avait presque entièrement recouvré la mémoire. Ses derniers souvenirs remontaient cependant à une période qui avait précédé de quelques semaines son départ pour l'Île des Oubliés. Rien ne lui suggérait que cette expédition avait eu lieu, ni que son importante quête avait échoué. La guérisseuse s'était gardée de lui dire qu'il avait été inconscient pendant plus de deux mois. Néanmoins, sans entrer dans les détails, elle avait cru bon de lui annoncer que sa dernière mission avait connu un tragique dénouement. Elle lui avait aussi confié qu'il avait subi des blessures à ce point sérieuses qu'on avait dû le transporter dans le monde des Anciens afin de lui sauver la vie. Bien entendu, ces révélations avaient grandement troublé Leonis. Il avait voulu en apprendre davantage, mais la femme avait gentiment refusé de répondre à ses questions. Selon elle, le temps n'était pas encore venu pour lui de retrouver les souvenirs qui lui manquaient. Sa main délicate avait touché la joue de l'enfant-lion. Il avait aussitôt sombré dans un profond sommeil.

Leonis s'était vite senti plus vigoureux. Chaque matin, la sorcière lui faisait boire une potion amère aux effets tonifiants. Elle lui apportait également une grande jatte remplie d'une mixture au goût abominable, qui avait la texture et la couleur de la sciure de bois imbibée d'eau. Durant trois longues semaines, le sauveur de l'Empire avait dû absorber quotidiennement deux bols de cette affreuse nourriture. Il grimaçait de dégoût mais, de portion en portion, il se rendait compte que son énergie augmentait. Durant son séjour parmi les Anciens, Leonis n'avait pas été autorisé à quitter ses quartiers. L'unique et étroite porte qui conduisait à l'extérieur semblait scellée comme l'entrée d'un caveau. Elle s'ouvrait sans bruit en pénétrant verticalement dans le mur. Les fenêtres étaient hors de la portée de l'enfant-lion. Elles lui permettaient seulement de distinguer la lumière changeante du jour. Leur forte inclinaison l'empêchait toutefois d'apercevoir le ciel. Malgré ces contraintes, Leonis n'avait pas eu à se plaindre. Les Anciens avaient fait en sorte de rendre son séjour agréable. Le sauveur de l'Empire pouvait se baigner dans un vaste et profond bassin continûment alimenté par une minuscule cascade qui jaillissait d'une fente ménagée dans l'une des cloisons. Il disposait également d'une pièce vide et assez grande pour qu'il pût s'y entraîner. Sa chambre n'était meublée que d'un lit, d'une table basse et de quelques tabourets. Quand venait le soir, des torchères argentées, disposées en hauteur contre la pierre blanche des murs, s'allumaient d'elles-mêmes pour inonder les lieux d'une lueur étrange et apaisante. Les flammes paresseuses qui brûlaient dans ces vasques étaient bleues. Durant sa convalescence, Leonis n'avait vu personne d'autre que la vénérable Maïa-Hor. Elle venait souvent lui rendre visite et, parfois, elle lui tenait compagnie durant des heures. Maïa-Hor demandait au sauveur de l'Empire de lui raconter ses aventures. Elle l'écoutait et lui disait des paroles empreintes de sagesse. Toutefois, elle ne parlait jamais de son peuple. Après l'avoir obligé pendant des semaines à ingurgiter son horrible mélange, la mère de Sia avait commencé à lui apporter de succulents plats généralement composés d'aliments que l'adolescent ne connaissait pas. À part cette nourriture, Leonis n'avait rien connu du monde des Anciens. Bien sûr, les mystérieuses flammes bleues naissant comme par magie dans les nombreuses torchères qui éclairaient ses quartiers avaient piqué sa curiosité, mais, à la vérité, il ignorait tout du pays secret de ce savant peuple. Pourtant, il avait dû prêter serment. Et, bientôt, la terre d'Égypte ne serait plus la sienne.

Leonis était fébrile en songeant qu'il était sur le point de revoir ses braves compagnons. Durant sa longue convalescence, le souvenir de l'échec qu'il avait subi sur l'Île des Oubliés avait lentement refait surface. À présent, tout était clair dans son esprit. Il revoyait le visage hilare du sorcier Merab savourant son triomphe. Il se rappelait la hargne aveugle qui animait Hapsout transformé en monstre par le vieil envoûteur. Il se souvenait du moment où, consterné et impuissant, il avait assisté à la chute du coffre dans le ventre ardent de la montagne de feu. La dernière image qu'il gardait de cette pénible journée était celle de Menna qui courait vers lui. Le combattant tenait la chaîne rompue du talisman des pharaons dans sa main droite. À cet instant précis, Leonis évoluait dans la peau d'un lion blanc. Il souffrait beaucoup. Dans son corps et dans son âme.

En marchant, l'enfant-lion triturait le talisman des pharaons entre son pouce et son index. Ses amis avaient pris soin de lui rendre son pendentif. Que s'était-il passé durant son absence? La perte des trois derniers joyaux de la table solaire avait-elle irrémédiablement scellé le destin des hommes? Rê s'était-il manifesté devant les divins émissaires du sanctuaire de Bouto afin de faire savoir au maître des Deux-Terres qu'il subsistait un ultime espoir de sauver l'empire d'Égypte? Leonis en doutait. Au cours des trois derniers mois, il s'était beaucoup inquiété au sujet de Tati. L'avait-on mise au courant de ce qui était arrivé à son frère? L'avait-elle vu dans l'état où il se trouvait lorsque les barques royales étaient revenues à Memphis? Que lui avait-on dit? Que savait-elle? Leonis était tourmenté par ces questions. Il pressentait qu'il ne pourrait pas revoir Tati avant un certain temps. Sa sœur était sûrement à Memphis. Et ses compagnons l'attendaient dans le Fayoum. Sia le conduirait sans doute jusqu'au repaire des combattants du lion. En cinq mois, le vieux camp abandonné devait avoir beaucoup changé. Cinq mois... Il y avait près de la moitié d'une année que le sauveur de l'Empire n'avait pas foulé le sol d'Égypte. La belle Esa pensait-elle toujours à lui? Leonis en était à ces réflexions lorsqu'il aperçut une lointaine silhouette sur la bande rousse du sentier sur lequel il venait de s'engager. Malgré la distance, il crut reconnaître la sorcière d'Horus. Les faucons balayèrent ses dernières hésitations en repliant leurs ailes pour plonger vers leur maîtresse.

16
ENFIN RÉUNIS

L'enchanteresse s'était arrêtée. Sa robe bleue voletait dans la brise légère qui soulevait la poussière du chemin. Les faucons étaient perchés à quelques pas d'elle sur la branche nue d'un arbre affaissé. Un sourire émerveillé creusait des fossettes dans l'exquise rondeur des joues de Sia. Elle ouvrit les bras et Leonis s'y réfugia avec l'ivresse incrédule d'un naufragé retrouvant sa patrie après un pénible exil. La gorge du sauveur de l'Empire était nouée. Il était incapable de prononcer un mot. La femme ne dit rien, car aucune parole ne pouvait amplifier l'intensité d'un tel moment ; tout s'exprimait dans cette étreinte fougueuse et muette. Lorsqu'il s'écarta de Sia, le visage luisant de larmes de Leonis était changeant comme un nuage dans le vent. Ses traits affichèrent tour à tour la gratitude, la joie, la curiosité et l'angoisse. Finalement, la gratitude revint et s'imposa.

Avec un sourire reconnaissant, l'enfant-lion déclara :

— Je te dois la vie, Sia.

— Tu ne me dois rien du tout, répondit la sorcière en plissant le nez. J'ai été imprudente. J'aurais dû me douter que Merab se trouvait sur l'île.

— Tu n'as pas à t'en vouloir. Le sorcier de Seth est très puissant. Sans toi, je n'aurais jamais pu mener ma quête aussi loin. L'offrande suprême ne sera jamais livrée au dieu-soleil… Dans ton monde, j'ai amplement eu le temps de réfléchir à mon échec. Bien sûr, je ne l'accepte pas, mais je réalise que je n'aurais pas pu faire mieux. Personne n'aurait fait mieux. J'ai déployé beaucoup d'efforts durant cette mission. Je méritais de l'accomplir et, sans Merab, j'y serais sans doute parvenu…

Une ombre d'inquiétude passa sur le visage de Leonis. Il déglutit et murmura :

— Comment va Tati ? Que s'est-il passé depuis mon départ ?

— Il vaudrait mieux en discuter en marchant, mon garçon, recommanda la sorcière d'Horus. Si nous voulons atteindre le camp des combattants du lion avant le coucher du soleil, nous devons nous mettre en route sans tarder.

Leonis hocha la tête. Les faucons de Sia reprirent leur envol. L'enfant-lion fit quelques pas. Il tituba, ferma les yeux et inspira profondément. La femme l'observa en fronçant les sourcils. Elle posa la main sur sa nuque et demanda :

— Que se passe-t-il, Leonis ?

— Ce n'est rien, Sia. C'est seulement un vertige... J'ai un peu faim, je crois. Et puis, il y a bien longtemps que je n'ai pas vu les couleurs du monde. C'est... c'est presque irréel !

Ils atteignirent le repaire à la nuit tombée. Mis à part Menna, la sorcière d'Horus était la seule personne qui fût en mesure de franchir les inextricables marécages qui cernaient le camp des combattants du lion. L'enchanteresse avait même un avantage sur le jeune commandant : ses facultés lui permettaient de s'orienter dans l'obscurité. Tandis qu'ils traversaient le vaste Fayoum, Sia avait répondu à toutes les questions de l'enfant-lion. Mais elle avait d'abord pris le temps de lui faire le récit de son enlèvement. Leonis avait eu un pincement au cœur en sachant que le grand prêtre Ankhhaef avait accepté de tout abandonner pour lui. L'enchanteresse avait dit au garçon que l'homme de culte ne soupçonnait pas l'existence de son peuple. Il ne fallait donc rien lui révéler à ce sujet. Ensuite, avec soulagement, Leonis avait appris que sa petite sœur allait bien et qu'elle était convaincue qu'il était toujours à la recherche d'un trésor. La sorcière avait aussi informé le sauveur de l'Empire du fait que, depuis un mois, Menna savait exactement où était situé le Temple des Ténèbres. Avec un sourire impénétrable, la femme avait refusé de lui expliquer comment le jeune homme s'était débrouillé pour obtenir ce précieux renseignement; elle voulait laisser à Menna le plaisir de le lui révéler. Sia avait cependant dit à Leonis que Hapi et Amset — parce qu'il s'agissait bien de lui — allaient régulièrement voler au-dessus du grand rocher sous lequel était dissimulé le repaire souterrain des adorateurs d'Apophis. Quand viendrait le moment de l'assaut, les combattants du lion ne seraient guère désavantagés, car ils connaî-traient les lieux avec une précision redoutable. Depuis qu'ils occupaient le camp, ces vaillants guerriers avaient fait d'énormes progrès. À un point tel que Menna prévoyait devancer l'attaque de deux mois! Le chef des combat-tants du lion ne craignait qu'une chose: la magie du sorcier Merab. Après avoir vu la terrifiante créature qui avait terrassé Leonis sur l'Île des Oubliés, le jeune homme redoutait que ses soldats ne fussent appelés à combattre de pareils adversaires. Merab. Ce nom revenait encore. À l'évidence, seuls les dieux avaient la capacité d'éliminer ce maléfique personnage. Toutefois, les règles qu'ils avaient établies leur interdisaient d'anéantir le sorcier de Seth. Alors, ils se contentaient d'observer. Et Merab s'amusait... comme un chacal parmi les chèvres.

Malgré la nuit, l'enceinte du repaire des combattants du lion grouillait encore d'activité. Des bruits de lutte se faisaient entendre dans les ténèbres. Durant un court instant, Leonis crut que le camp était attaqué. Sa main se crispa sur celle de Sia. La sorcière d'Horus le rassura :

— Nos combattants s'entraînent surtout la nuit, Leonis. Menna compte lancer l'assaut après le coucher du soleil.

L'enchanteresse entraîna le sauveur de l'Empire vers une demeure qui n'existait pas lors de son dernier séjour au campement. La lumière filtrait entre les fentes des panneaux de jonc qui masquaient les fenêtres de cette petite maison. La porte, dissimulée derrière un simple voile de lin, dessinait un rectangle jaunâtre dans l'obscurité. Des voix provenaient de l'intérieur. La sorcière s'immobilisa. Elle posa sa joue contre celle de Leonis pour lui glisser à l'oreille :

— Je n'ai pas dit à tes compagnons que j'allais te chercher. Je leur ai fait croire que je devais me rendre au marché de Meidoum afin de me procurer quelques ingrédients. Ankhhaef, Montu et Menna ne m'attendent pas avant demain soir. Je voulais leur faire une petite surprise.

La femme recula d'un pas. Elle écarta le voile et, d'un mouvement ample, elle invita son jeune ami à franchir le seuil. En pénétrant dans la pièce, Leonis vit Menna et le grand prêtre Ankhhaef qui discutaient. Les deux hommes étaient assis sur des nattes. Le prêtre faisait face à l'entrée. Lorsqu'il aperçut le nouveau venu, il écarquilla les yeux de stupeur. Son regard étant fixé sur un rouleau de papyrus déployé devant lui, Menna ne remarqua pas tout de suite l'étonnement de l'homme de culte. Sans avoir conscience de la présence du sauveur de l'Empire, il continuait son exposé:

— ... et il faut aussi considérer que certains de nos ennemis ne sont pas des combattants. Une fois que les Hyènes seront...

Menna leva les yeux pour constater l'ahurissement qui marquait le visage de son vis-à-vis. Un sifflement ténu s'échappait de la bouche grande ouverte du prêtre. Le jeune homme se retourna promptement afin de voir ce qui pouvait bien le bouleverser de la sorte. À son tour, il fut pétrifié par la surprise. Leonis s'avança lentement vers eux. Il sourit et lança :

— Je sais que je suis assez beau garçon, mais certainement pas au point de vous faire cet effet-là !

Dans son dos, Sia pouffa. Ankhhaef émit un râle incrédule. Menna se leva avec lenteur en bredouillant :

— Le... Leonis... tu... tu es de re... de re...

— Je suis de retour, compléta l'enfant-lion avec émotion. Je suis vivant, mon ami.

Menna hocha la tête. Il s'approcha de Leonis en ouvrant les bras. Il se ravisa au dernier moment pour balbutier :

— Tes... tes blessures... Tu... tu dois sûrement avoir mal...

— Non, mon vieux, je ne ressens plus aucune douleur. Tu peux m'étreindre de toutes tes forces si tu en as envie.

Menna l'enlaça. Pour la seconde fois depuis qu'ils avaient fait connaissance, le sauveur de l'Empire vit son vaillant compagnon fondre en larmes. Le grand prêtre Ankhhaef s'était levé. Il marmottait une prière entre ses lèvres closes. Lorsque les jeunes gens s'écartèrent l'un de l'autre, le chef des combattants du lion tourna les yeux vers la sorcière d'Horus. Il renifla, s'essuya les joues et affecta l'agacement pour maugréer :

— Tu n'es qu'une vilaine cachottière, Sia. Tu n'avais aucune intention de te rendre à Meidoum. En plus, les gardes ont laissé Leonis pénétrer dans l'enceinte sans crier pour annoncer son retour. Pourtant, depuis quelques semaines, ils savent qui est vraiment l'enfant-lion. Ils connaissent son importance pour le royaume. Comment avez-vous pu franchir le portail sans que nos hommes réagissent ?

— Je le dois à mon charme irrésistible, minauda Sia. Le lieutenant Hérounoufé ne peut rien me refuser. Étant donné que ce brave homme est responsable de la sécurité du camp, je ne pouvais disposer d'un meilleur allié ! Ce matin, je lui ai dit que je reviendrais à la nuit tombée en compagnie de Leonis. Puisque je comptais vous faire une agréable surprise, je lui ai demandé s'il était possible que notre arrivée se fasse dans la discrétion. Bien entendu, il s'est fait une joie de me rendre ce service.

— C'est une trahison ! s'écria Menna en s'esclaffant. C'est tout de même drôle, non ? À lui seul, Hérounoufé pourrait vaincre dix adversaires! Mais il suffit d'un peu de miel dans le regard d'une femme pour qu'il perde tous ses moyens!

Ankhhaef s'était approché du sauveur de l'Empire. Il prit la main droite de l'élu entre ses paumes frémissantes. Leonis baissa la tête et soupira:

— J'ai échoué, grand prêtre. J'aurais peut-être dû...

En secouant énergiquement la tête, l'homme de culte l'interrompit:

— Non, mon garçon. Tu n'as pas à te justifier. Tu t'es sacrifié pour l'Empire. Cette quête a failli te coûter la vie. Sans Sia, tu n'aurais pas survécu... J'ignore où tu étais durant ces cinq longs mois. Ta guérison est un prodige. Nos savants ne pouvaient rien faire pour te soustraire à la mort... Tu... tu as peut-être rencontré les dieux, Leonis. Si c'est le cas, j'espère que tu as pu leur faire comprendre à quel point ils se sont montrés injustes avec toi.

— Je peux seulement vous dire que je n'ai pas rencontré les dieux, Ankhhaef.

— Peu importe, mon garçon, fit le grand prêtre. Ce qui compte, c'est que tu sois là.

Le sauveur de l'Empire acquiesça d'un signe du menton. Il se tourna ensuite vers Menna pour demander:

— Où est Montu?

— Il est à l'entraînement. Je n'ai qu'à crier son nom. Il viendra vite.

Le jeune commandant sortit un instant de la maison. Il héla Montu. Après un bref silence, un cri nasillard répondit à son appel. L'enfant-lion reconnut la voix de son grand ami. Quelques instants plus tard, ce dernier fit son entrée dans la demeure. En apercevant Leonis, il laissa tomber son arc sur le sol. Il voulut parler, mais sa voix s'étrangla. Montu vacilla sur ses jambes. Trop abasourdi pour pouvoir faire un pas, il tendit les bras en direction du sauveur de l'Empire.

17
LES PRÉPARATIFS

Durant la nuit de leurs émouvantes retrouvailles, le sauveur de l'Empire et ses compagnons étaient restés éveillés jusqu'au matin. Leonis avait d'abord pris soin de manger. Ensuite, puisqu'il ne pouvait rien relater de son séjour chez les Anciens, il avait surtout posé des questions. Les figures étaient hilares; les regards, éberlués; des mains touchaient sans cesse l'enfant-lion, comme si aucun de ses amis n'arrivait à croire qu'il se trouvait vraiment là. Quelques jours auparavant, Menna s'était rendu au palais royal de Memphis. Mérit lui avait donné des nouvelles de Tati. Le jeune homme avait confié à Leonis que la petite s'interrogeait de plus en plus à propos de sa longue absence. Malheureusement, en raison de la confusion que son arrivée au palais eût immanquablement provoquée, Leonis ne devait pas s'y rendre. En outre, puisque le sorcier Merab pouvait sonder les pensées de Mykérinos, il était primordial que le roi ne fût pas mis au courant de la réapparition de l'élu. Celui-ci avait dû admettre, non sans une certaine tristesse, qu'il valait mieux attendre que les adorateurs d'Apophis fussent vaincus avant de retourner à la maison. Tati était entre bonnes mains. Et puis, durant sa courte existence, elle avait déjà dû endurer de bien pires tourments. Étant donné qu'il désirait prendre part à l'assaut du Temple des Ténèbres, Leonis jugeait préférable de ne pas revoir sa sœur avant le retour victorieux des combattants du lion. Ainsi, s'il ne survivait pas à cette sanglante bataille, Tati n'aurait pas à subir une nouvelle séparation. Il était même probable que l'habitude de vivre sans son frère durant une aussi longue période atténuerait son deuil. Menna avait expliqué au sauveur de l'Empire que les jumelles lisaient des messages à Tati en lui faisant croire qu'ils provenaient de lui. Leonis avait trouvé l'idée brillante et s'était promis d'envoyer de vraies missives à sa petite sœur. Quelques semaines plus tard, lorsque Menna avait enfin pu le renseigner sur la teneur des récits inventés par les jumelles, l'enfant-lion avait pris leur relève.

Le jour suivant son arrivée au camp, Leonis s'était levé au beau milieu de l'après-midi. Il avait réveillé Montu qui ronflait sur une natte voisine de la sienne. Menna, Ankhhaef et Sia étaient sortis. Les adolescents avaient partagé un frugal repas. En cinq mois d'entraînement, Montu avait perdu son léger embonpoint. Il était devenu nettement plus costaud. Après avoir mangé, le garçon était allé chercher son grand arc. Avec fierté, il avait mis l'enfant-lion au défi de le tendre. Leonis y était aisément parvenu. Montu l'avait considéré avec incrédulité. En affichant une moue de dépit, il avait déclaré :

— Tu as dû beaucoup t'entraîner, mon vieux. Il y a plus de quatre cents combattants dans ce camp. Nous ne sommes que cinquante à pouvoir tendre un grand arc comme celui-là. Il m'a fallu deux mois pour être capable de le bander, et deux autres pour arriver à m'en servir avec précision.

— En effet, je me suis entraîné, Montu. Mais je ne crois pas que cela puisse tout expliquer… J'ignore ce que les Anciens m'ont fait. Seulement, je dois admettre que je me sens beaucoup plus fort qu'avant.

Après un silence méditatif, Montu avait demandé :

— As-tu promis aux Anciens de devenir l'un des leurs, mon ami ? Devras-tu bientôt retourner dans leur monde ?

Le sauveur de l'Empire avait brièvement froncé les sourcils ; puis une lueur de compréhension avait illuminé son visage. En esquissant un faible sourire, il avait soupiré :

— Je ne comptais pas t'en parler tout de suite, Montu. Je constate que la sorcière d'Horus vous en a déjà glissé un mot… Pour le moment, je ne te dirai rien à propos de la promesse que j'ai faite au peuple de Sia. Je dois d'abord réfléchir longuement aux conséquences que le respect de cette promesse entraînera. Lorsque je serai prêt à le faire, je te dirai tout. Pour le moment, nous devons nous préparer à affronter les adorateurs du grand serpent.

Leonis avait la conviction que la défaite des ennemis de la lumière ne suffirait pas à apaiser la colère du dieu-soleil. En épargnant son cousin Baka, Mykérinos avait autrefois laissé la vie sauve à un profanateur. S'il avait suffi à Pharaon de retrouver son ennemi et de l'assassiner pour expier sa faute, l'oracle de Bouto eût été rendu en ce sens. Jamais les messagers du divin sanctuaire n'eussent annoncé la venue de l'enfant-lion. La réunion des douze joyaux sur la table solaire était la volonté de Rê. Or, à moins que le dieu-soleil n'offrît au roi une dernière chance d'assurer le salut de son peuple, la glorieuse Égypte serait anéantie. Cet après-midi-là, Leonis n'avait rien dit des doutes qu'il éprouvait. Les deux compagnons avaient poursuivi leur conversation qui s'était achevée sur le ton de la plaisanterie. En quittant la petite demeure, ils riaient aux éclats. Mais lorsque le sauveur de l'Empire avait découvert ce qui l'attendait dehors, la bonne humeur qui éclairait sa figure s'était changée en stupéfaction. Une impressionnante haie humaine se dressait devant la maison. Les combattants du lion étaient tous là. Immobiles et silencieux, ils fixaient Leonis avec sévérité. Amusé par le regard interrogateur que lui avait lancé son ami, Montu lui avait ébouriffé les cheveux avant de l'abandonner pour aller se joindre aux guerriers. Des gaillards s'étaient écartés. L'enfant-lion avait vu Menna se détacher de la foule pour venir s'immobiliser à quelques coudées de lui. En désignant ses troupes, le jeune commandant avait déclaré:

— Les combattants du lion sont là pour te saluer, sauveur de l'Empire. Il y a quelques mois, ces braves ignoraient ce que tu représentais pour la glorieuse Égypte. Nous ne comptions pas leur révéler qu'un grand cataclysme menaçait d'anéantir la terre sacrée des pharaons. Comme tu le sais, tous ceux qui se dressent devant toi aujourd'hui ont gagné ce camp en sachant qu'ils y resteraient confinés durant une année. Ils savaient qu'ils devraient se soumettre à un rigoureux entraînement avant de pouvoir se mesurer aux redoutables ennemis de la lumière. Ils n'ignoraient pas que, malgré tous les sacrifices qu'ils devraient consentir, plusieurs d'entre eux périraient pendant l'assaut du Temple des Ténèbres. Il aurait été hasardeux de dire à ces soldats que la colère de Rê risquait de déferler sur l'Égypte. Si nous l'avions fait, ils auraient été nombreux à refuser de s'engager dans cette mission; ils auraient préféré rester auprès des leurs pour attendre la fin…

Menna s'était interrompu. Il avait secoué la tête avec lassitude avant de poursuivre :

— À présent, tout est différent, Leonis. L'offrande suprême ne sera jamais livrée. Néanmoins, tu demeures le sauveur de l'Empire. Si Rê est juste, il t'offrira une autre possibilité d'achever ce que tu as commencé. Les combattants du lion ont entendu le récit de nos aventures. Ils savent que tu as été désigné par les dieux pour sauver cette terre sur laquelle vivent tous ceux qu'ils aiment. Ils vénèrent ton courage et ta loyauté. Leurs derniers espoirs reposent sur toi. Ils resteront. Ils se battront à tes côtés pour tenter de sauver le royaume. Chaque goutte de sang qu'ils verseront viendra s'ajouter à celles que tu as déjà versées dans l'espoir de réunir les douze joyaux. Le dieu-soleil pourra constater la bravoure des combattants du lion. Il verra peut-être une offrande satisfaisante dans le dévouement dont ils feront preuve…

D'un large mouvement de la main, Menna avait de nouveau désigné les rangs serrés des soldats. Il avait conclu en rugissant :

— Ces valeureux guerriers se battront en ton nom, Leonis ! Leurs actes seront tes actes ! Je suis leur chef, mais tu es notre maître à tous !

Après ces paroles, une clameur assourdissante avait retenti dans l'enceinte. Leonis avait senti ses os vibrer. Dans les marécages environnants, les oiseaux s'étaient envolés. Les grenouilles avaient abandonné leur inlassable chasse aux moustiques pour s'enfouir précipitamment dans la vase.

Par la suite, Leonis avait visité les installations du camp. L'immense travail accompli par les combattants du lion avait suscité son admiration. Les pagnes des soldats avaient la couleur du sable du désert. Ils avaient été plongés dans un mélange d'eau et de poussière d'orge coloré d'un soupçon de sang de bœuf. Leurs robustes boucliers de bois recouvert de cuir étaient de la même teinte. De mémoire,

Sia avait dessiné une fidèle reproduction de la tache de naissance qui marquait le dos du sauveur de l'Empire. Ce signe ornait les boucliers. Menna avait conduit Leonis dans une grande hutte où le lieutenant Djer consultait des plans en compagnie d'un colosse. Il s'agissait de Hay. L'ancien adorateur d'Apophis portait une tunique qui dissimulait le symbole ineffaçable des troupes d'élite de Baka. Menna n'avait pas présenté tout de suite à l'enfant-lion celui qui avait soustrait sa petite sœur aux griffes de l'ennemi. Dans un coin de la hutte, sur une table, s'étalait un curieux agencement qui n'évoquait rien au premier coup d'œil. Le bois de la table disparaissait sous une épaisse couche de sable parsemé de quelques cailloux sombres. Un tas de limon brunâtre se dressait au centre de cet étrange assemblage. Menna avait expliqué à Leonis:

— Tu as devant les yeux une réplique parfaite du repaire des adorateurs d'Apophis. Le Temple des Ténèbres est dissimulé sous une masse rocheuse qui s'élève au milieu du désert. Il est situé à moins d'une journée de marche de Saqqarah. Les faucons de Sia vont souvent voler au-dessus de ce gros rocher. Ils transmettent des images à la sorcière d'Horus. Elle a modelé cette reproduction dans le limon. Les cailloux représentent les postes de garde des ennemis de la lumière. Hay nous a appris que ces postes n'existaient pas lors de son dernier séjour au Temple des Ténèbres. Ce détail nous laisse croire que les adorateurs d'Apophis s'attendent à être attaqués. Merab y est certainement pour quelque chose.

— Qui est Hay? avait questionné Leonis.

Le jeune commandant avait esquissé un sourire énigmatique. D'un mouvement du menton, il avait désigné le colosse. Ce dernier avait hoché la tête pour saluer l'enfant-lion. Menna avait lancé:

— Je te présente Hay, Leonis. Ce combattant a déjà servi la cause de Baka. Il a combattu dans les rangs des Hyènes durant de longues années. Il porte la marque au fer rouge des adorateurs d'Apophis. Les soldats de Pharaon l'ont capturé il y a un mois. Sa présence parmi nous doit grandement te surprendre, non?

— Bien entendu, avait répondu Leonis d'un air soupçonneux. Si cet homme est une Hyène, il est curieux de voir qu'il dispose d'une certaine liberté. J'imagine que vous avez de très bonnes raisons pour agir ainsi…

— Hay est maintenant l'un des nôtres, Leonis. Il a trahi Baka.

— Un traître peut très bien trahir deux fois, avait fait remarquer l'enfant-lion en plantant son regard dans celui du colosse.

— Bien sûr, mon ami. Mais puisque Sia m'a assuré de la bonne foi de ce gaillard, nous n'avons rien à craindre de lui. En outre, en apprenant ce qu'il a fait pour trahir Baka, tu ne douteras plus de son mérite… Tu as devant toi celui qui a sauvé ta sœur, Leonis. C'est grâce à lui que Tati a pu atteindre l'enceinte du palais royal de Memphis.

La révélation avait médusé le sauveur de l'Empire. Hay avait eu du mal à soutenir son regard empreint d'émotion. Les joues du colosse s'étaient teintées de rouge. Il avait haussé les épaules pour signifier qu'il n'avait rien fait d'extraordinaire. Afin de renforcer ce geste d'humilité, il avait marmonné:

— J'ai sauvé Tati pour plaire à quelqu'un… Ensuite, c'est Tati qui m'a sauvé.

Ce jour-là, Hay avait fait à Leonis le récit des événements qui avaient mené à la libération de la petite. L'adolescent lui avait exprimé toute sa reconnaissance. Pharaon ne savait pas que l'ancien adorateur d'Apophis évoluait librement dans l'enceinte du repaire secret. Il avait confié sa garde à Menna en ayant la certitude que les combattants du lion le traiteraient comme un prisonnier. Leonis avait dit à Hay qu'après la défaite de Baka et de ses hordes, il ferait tout ce qu'il pourrait pour convaincre Mykérinos de lui rendre sa liberté.

Bien entendu, Khnoumit ne serait pas laissée pour compte. Pourvu que l'on pût encore venir en aide à cette courageuse femme.

Le temps avait passé. Durant les trois mois ayant précédé l'attaque, une irrépressible fébrilité s'était emparée des combattants du lion. L'assaut qu'ils livreraient serait rapide et implacable. Cette assurance les grisait. Grâce à Hay, les chefs disposaient de plans précis du repaire souterrain de Baka. Un matin, une vingtaine de barques suivirent celle que manœuvrait Menna dans la pénombre glauque des marais. Il fallut effectuer six traversées avant que tous les guerriers ne fussent réunis dans une clairière qui bordait l'étendue marécageuse. Le soir venu, Menna donna l'ordre d'établir un campement à la limite du Fayoum. À l'aube, Montu, Menna et Leonis menant leur majestueuse marche, les combattants du lion s'enfoncèrent dans le désert pour se diriger vers le Temple des Ténèbres.

18
L'ASSAUT

Quelques heures avant la fin du jour, les combattants du lion aperçurent la silhouette du grand rocher dans le lointain. Menna leva les bras, et la colonne s'immobilisa. Ils se couchèrent dans le sable pour attendre le moment de la première phase de l'attaque. Les archers furent les premiers à passer à l'action. Dans la faible lumière du crépuscule, leur pagne mordoré et leur peau hâlée leur offraient un excellent camouflage. Douze hommes se fondirent dans le paysage désertique. En prenant le rocher comme point de repère, chacun d'eux progressa furtivement vers le poste de surveillance qu'on lui avait désigné. Grâce à ses faucons, Sia avait pu assister au changement de la garde qui avait eu lieu une heure auparavant. Aucune des sentinelles des adorateurs d'Apophis ne put déceler la présence de celui qui avait pour tâche de l'assassiner. Respectant la consigne, les archers s'arrêtèrent à un jet de pierre de leurs victimes respectives. Ils attendirent. À l'ouest, le soleil agonisant lança un ultime éclat. Dans les instants qui suivirent, douze hommes furent expédiés au royaume des Morts. Les archers examinèrent les cadavres avant de retourner sur leurs pas pour aller informer les autres de leur réussite.

Dans le ciel, le disque lunaire était entier. La lumière qu'il diffusait rendait l'approche des combattants du lion plus risquée. Au mépris de ce fait, Menna n'eût pu choisir un meilleur moment pour lancer l'assaut; Hay lui avait dit que les cérémonies en l'honneur du grand serpent se déroulaient à la pleine lune. Ce soir-là, les ennemis de la lumière devaient se réunir dans le temple pour vénérer leur dieu. Si l'on parvenait à atteindre l'entrée du sanctuaire sans provoquer l'alerte, Baka et ses fidèles seraient retenus dans l'enceinte. Les combattants du lion poursuivirent leur avancée. Ils s'immobilisèrent cependant à une bonne distance du grand rocher. Une seconde tâche, plus périlleuse que la précédente, attendait les archers. Cette fois, quatorze de ses adroits combattants quittèrent la troupe. Quatre d'entre eux rampèrent pour aller se poster à vingt longueurs d'homme de la faille qui indiquait l'entrée principale des souterrains. Cette anfractuosité avait vaguement la forme d'une tête de chat. Malgré la nuit, il était assez aisé de la discerner. Les dix autres archers contournèrent la masse de pierre. Ils atteignirent un secteur qu'ils avaient maintes fois étudié sur la réplique créée par la sorcière d'Horus. Cet endroit était propice à l'escalade. Ils grimpèrent sur le rocher et se séparèrent en cinq groupes qui devaient se positionner à proximité des postes de garde situés dans les hauteurs. Leur mission était semblable à la précédente : ils devaient supprimer des sentinelles se trouvant à des endroits précis. Cette fois, cependant, ils étaient contraints de progresser dans les ténèbres sur un terrain nettement plus dangereux. Une fois leur but atteint, ils ne verraient pas leurs cibles. De surcroît, ils devraient compter sur une alliée capricieuse qui pouvait fort bien se ranger du côté de l'ennemi : la chance. L'un de ces braves hommes ne fut guère favorisé par cette dernière. Il fit un faux pas. Celui qui l'accompagnait le vit glisser et tomber dans le vide. Le témoin horrifié put entendre le choc sourd que fit le corps de son frère d'armes en s'écrasant sur le sol en contrebas. Par bonheur, ce bruit n'alerta personne. L'infortuné fut le premier combattant du lion à mourir durant l'assaut.

Il plongea vaillamment vers la mort en réprimant un cri de terreur pour ne pas trahir ses compagnons. L'archer qui venait de le voir disparaître serra les dents avant de reprendre son approche silencieuse.

Par la pensée, Sia avait suivi la progression des archers. Menna était près d'elle, mais elle ne voulut pas lui dire que l'un de ses hommes venait de mourir. Quand tous les archers furent en position de tir, elle rampa vers la faille qui ressemblait à une tête de félin. Le tissu de sa robe avait subi le même traitement que les pagnes des soldats. Un voile fauve recouvrait sa chevelure noire. Dissimulée derrière un monticule, la femme poussa un gémissement sonore.

Les deux adorateurs d'Apophis qui surveillaient l'entrée entendirent la plainte. Ils quittèrent la cavité afin de savoir d'où elle provenait. Sia émit un autre geignement. L'un des gardes demanda :

— Qui va là ?

Il y eut un sifflement. Deux flèches pénétrèrent dans la poitrine de la sentinelle en produisant un seul son étouffé. L'homme exhala un râle. Son camarade s'écria :

— Que se passe-t-il, Hékanakhté ?

Il fut terrassé à son tour.

Le cri de la sentinelle avait attiré l'attention des cinq adorateurs d'Apophis qui se trouvaient sur le rocher. En plissant les yeux pour scruter le désert envahi de pénombre, ils lancèrent tous un appel qui suffit à orienter les archers chargés de les assassiner. Les flèches touchèrent leurs cibles avec une précision terrible. Deux des ennemis de la lumière ne furent pas tués instantanément. Ils furent néanmoins touchés. Et le poison qui imbibait la pointe des flèches des combattants du lion les acheva rapidement. Les Hyènes n'avaient aucun scrupule à utiliser des traits empoisonnés. Menna avait décidé de combattre ces scélérats en se servant de leurs propres méthodes. Le poison avait été préparé par la sorcière d'Horus. Son effet était foudroyant. Sia alla retrouver ses amis pour leur annoncer la réussite des archers. La prochaine mission devait être accomplie par Menna, Leonis, Montu et Hay. Guidés par ce dernier, les compagnons devraient faire en sorte d'éliminer les deux gardiens qui surveillaient le couloir conduisant au village souterrain des adorateurs d'Apophis. L'enchanteresse suivrait leur progression en esprit. Lorsque la voie serait libre, elle devrait en aviser le lieutenant Djer. Les combattants du lion pénétreraient alors dans le repaire.

Hay irait à leur rencontre pour leur montrer le chemin.

En suivant de près l'ancien adorateur d'Apophis, Montu, Menna et Leonis rejoignirent la faille. Ils pénétrèrent dans un boyau étroit qui s'inclinait vers les profondeurs de la terre. La pente était abrupte. Dans l'obscurité complète, les aventuriers devaient se tenir par la main. Pour éviter de trébucher, ils marchaient lentement. Ils atteignirent un endroit où le sol était plat. Hay les entraîna dans un réseau complexe de couloirs. Une lueur apparut devant eux. Le colosse leur fit signe de s'accroupir. Ils s'avancèrent sans faire de bruit. En demeurant dans l'ombre, ils découvrirent une petite salle souterraine éclairée par une torche. Deux gardes portant des tuniques noires se dressaient devant l'entrée d'un passage. Avec précaution, Menna et Montu tirèrent simultanément une flèche de leur carquois. Ils se redressèrent pour tendre leur grand arc. Les adorateurs d'Apophis furent foudroyés. Ils lâchèrent leur lance. La pointe de l'une des armes heurta le sol avec un bruit cristallin. Les deux gardiens s'écroulèrent. Ils tressaillaient encore lorsque les quatre combattants pénétrèrent dans la pièce. En passant près d'eux, Hay murmura :

— Les chauves-souris craignent le soleil.

Menna le dévisagea d'un air intrigué. Hay lui expliqua en riant :

— Ce n'est rien, commandant. Je viens simplement de dire le mot de passe que les disciples doivent donner pour franchir cette porte. Mais je crois bien que ces gardes s'en moquent, à présent.

Le couloir n'était pas très long. Après l'avoir traversé, ils débouchèrent sur une étroite corniche qui surplombait une immense salle dans laquelle un petit village avait été construit. Une cinquantaine de petites maisons cubiques encerclaient une place vivement éclairée par des flambeaux. Un chant puissant et plaintif, qui semblait provenir de plusieurs endroits à la fois, se répercutait sur les parois de pierre de la grotte. En bas, des gens faisaient la file en attendant de passer la porte d'une majestueuse construction dont la façade jaillissait de la paroi rocheuse. Il s'agissait évidemment du Temple des Ténèbres. Il s'érigeait derrière un vaste bassin dans l'eau duquel se miraient d'imposantes statues. En contemplant les merveilles qui s'étendaient sous leurs yeux, Leonis, Montu et Menna durent contenir leur étonnement. Hay jeta à voix basse :

— C'est à couper le souffle, n'est-ce pas ? Vous verrez, les gars, l'intérieur du temple est encore plus impressionnant. Le chant que vous entendez est l'appel qui invite les adeptes à pénétrer dans le lieu de culte. Je dois aller chercher les autres. La petite fête pourra bientôt commencer.

Le colosse réintégra le couloir. Leonis et ses compagnons contemplèrent la caverne. Les installations du repaire défiaient l'entendement. Les adorateurs d'Apophis qui se massaient pour pénétrer dans l'enceinte de leur lieu de culte étaient tous vêtus de noir. De la corniche, leur rang compact ressemblait un peu à une procession de fourmis. Le sauveur de l'Empire fit remarquer :

— À l'évidence, nos ennemis ne soupçonnent pas notre présence. Ça semble trop facile…

Montu chuchota :

— Penses-tu à Merab, Leonis ? Crois-tu que le sorcier nous a encore tendu un piège ?

Menna intervint :

— Nous avons soigneusement préparé cette attaque, mes amis. Notre plan consistait à rejoindre ce surplomb sans attirer l'attention de nos adversaires. Or, tout semble se dérouler comme nous l'avions prévu. Seulement, maintenant que nous y sommes, je dois admettre que la facilité avec laquelle nous avons atteint ce but est étonnante. Je savais que les adorateurs d'Apophis étaient nombreux et bien organisés. Mais, malgré la description que Hay nous en a faite, ce que j'imaginais découvrir en ce lieu n'était que le pâle reflet de ce que nos yeux nous montrent en ce moment... Grâce à Sia, un bouclier magique empêche Merab de repérer nos hommes. Le calme qui règne dans ce nid de scorpions ne signifie pas forcément que nos ennemis cherchent à nous tromper. Le sorcier de Seth connaît l'existence des combattants du lion. Puisque la surveillance autour du rocher a été accrue, il est évident que les adorateurs du grand serpent s'attendent à un éventuel assaut. Mais, à mon avis, ils ne se doutent pas qu'il aura lieu ce soir. Cela dit, lorsque nos soldats envahiront le Temple des Ténèbres, Merab n'assistera sûrement pas à l'attaque sans réagir. Il lancera peut-être une meute de ses horribles créatures dans la bataille...

Un lourd silence suivit ces paroles. L'enfant-lion le rompit en soupirant :

— Si Merab se manifeste, ce qui est presque une certitude, Sia tentera de lui faire obstacle. Elle n'a pas la force nécessaire pour se mesurer à cet homme, mes amis.

— C'est vrai, Leonis, approuva Menna. Néanmoins, la présence de la sorcière d'Horus parmi nous est essentielle. Si l'envoûteur s'en mêlait, elle devrait faire en sorte de le distraire le plus longtemps possible. Car, au cours de cet affrontement, Merab serait tenu à l'écart de nos guerriers. Sia ne survivrait assurément pas à un tel combat. Malgré tout, elle est prête à le livrer…

Un glissement se fit entendre. Ils tournèrent la tête en direction du couloir au moment où Hay en surgissait. Le lieutenant Djer apparut derrière son dos. L'ancien adorateur d'Apophis reprit son souffle avant d'annoncer :

— Les combattants du lion sont là, commandant Menna. Une cinquantaine de guerriers sont restés là-haut pour prévenir toute possibilité de fuite. Il ne vous reste plus qu'à donner le signal de l'attaque.

— Merci, Hay, répondit Menna. Je te dois beaucoup. J'espère que nous pourrons retrouver ta douce et belle Khnoumit.

Hay ne dit rien. Sa main tremblante et moite serra amicalement le poignet du jeune commandant.

Immobile, Baka contemplait avec fierté le magnifique sanctuaire qu'il avait fait aménager dans l'œuf d'Apophis. Il leva les yeux vers le dôme lisse sous lequel étaient suspendus de sombres étendards ornés du symbole des adorateurs du grand serpent. En étirant le cou, il put apercevoir une section des tribunes qui grouillaient d'adeptes. Le maître pourrait bientôt s'avancer sur le balcon entouré de flambeaux qui surplombait l'arène du temple. Il livrerait à ses disciples un vibrant discours. Maintenant qu'il avait la certitude que le grand cataclysme promis par Rê anéantirait le royaume d'Égypte, Baka se sentait euphorique. La ferveur de ses sujets avait atteint son comble. En outre, le sorcier Merab était retourné à Thèbes. Le vieillard avait grandement contribué à la cause des ennemis de la lumière. Toutefois, depuis qu'il n'avait plus à côtoyer le redoutable envoûteur, le maître respirait mieux. Bien entendu, il savait que son cousin Mykérinos mettait tout en œuvre pour découvrir son repaire. Il n'ignorait pas que, quelque part au cœur du vaste Fayoum, des soldats de l'Empire s'entraînaient dans le but d'éliminer ses hordes. Lorsque Merab le lui avait appris, Baka s'était inquiété. À présent, il jugeait qu'il n'avait rien à craindre ; le roi avait bien peu de chances de découvrir l'endroit où était situé le Temple des Ténèbres. Par précaution, le maître des ennemis de la lumière avait renforcé la garde aux alentours du grand rocher. Il avait aussi ordonné la désertion des adorateurs d'Apophis qui servaient dans les rangs des soldats du pharaon. Puisque tous les combattants de Baka vivaient maintenant dans le repaire souterrain, aucun d'entre eux ne risquait de le trahir. Il ne lui restait plus qu'à attendre le grand cataclysme. Dans un peu plus d'un an, la fin des fins viendrait couronner la victoire des forces du mal.

Avant de rejoindre le balcon, Baka se retourna pour regarder sa sœur Khnoumit qui était assise sur des coussins. Ses poignets et ses chevilles étaient ligotés. Il avait fallu lui raser les cheveux. Elle portait une perruque mal ajustée qui lui donnait un air tout à fait ridicule. Elle avait repris des forces, mais sa maigreur épouvantable la faisait ressembler à une momie. Seuls ses yeux semblaient vivants. Ses prunelles étincelaient de mépris. Il y avait deux mois que la captive avait quitté son cachot. Le maître avait décidé de la garder en vie. Khnoumit détestait son frère. Elle avait osé le trahir. Baka désirait maintenant qu'elle assistât à son triomphe. Il fit volte-face pour se diriger vers le balcon. Lorsqu'il fit son apparition dans la lumière des flambeaux, une faible rumeur admirative monta des gradins. Les adorateurs d'Apophis devaient attendre que leur chef levât les bras vers la voûte avant de l'acclamer. Baka était sur le point de faire ce geste rituel lorsque quelqu'un hurla :

— Nous sommes attaqués !

Dans l'enceinte, des cris angoissés fusèrent. Le garde qui venait de donner l'alerte se trouvait dans l'entrée du temple. Les adeptes le virent s'écrouler. Une flèche était plantée dans son dos. La masse noire de la foule commença à s'agiter. Un groupe d'archers au torse nu apparut sous le linteau de la grande porte. Sans hésiter, ces hommes tendirent leurs arcs pour abattre une douzaine d'adorateurs d'Apophis. Du haut de son balcon, Baka rugit :

— Que mes guerriers se dressent devant l'ennemi ! Vous devez protéger le divin temple d'Apophis !

Ces paroles ne furent pas entendues. La panique s'était emparée de la foule. Toutefois, les combattants d'élite de Baka n'avaient pas besoin de recevoir un ordre pour passer à l'action. Le maître pouvait compter sur deux cents Hyènes. Malheureusement pour lui, ces redoutables gaillards étaient dispersés dans les gradins. De plus, ils n'étaient armés que de poignards. Ils furent nombreux à s'en servir pour tenter de se frayer un chemin dans la cohue. Quatre Hyènes vinrent rejoindre leur chef. Ces hommes étaient chargés de la surveillance de ses quartiers. En voyant ce qui se passait dans l'enceinte, ils tentèrent d'entraîner Baka à couvert. Celui-ci se débattit avec hargne et aboya :

— Laissez-moi ! Apophis nous viendra en aide ! L'un de vous doit aller avertir le vieux Setaou ! Il faut ouvrir la barrière qui empêche le grand serpent de pénétrer dans l'enceinte !

Un garde hocha vivement la tête et sortit. Il ne rencontra pas le vieux Setaou. Il mourut, empalé sur la lance d'un ennemi, peu de temps après avoir quitté son maître. Baka éteignit la lampe qui éclairait l'antichambre. Les trois guerriers qui étaient demeurés avec lui saisirent leurs arcs. Ils joignirent leur modeste riposte aux actions inefficaces de leurs compagnons confinés dans l'enceinte. En bas, les envahisseurs décimaient les adeptes d'Apophis. Partout, des corps s'agglutinaient. Un imposant groupe de combattants du lion armés de lances et de boucliers étaient venus se positionner devant les archers. Ils semaient la mort avec une constance impitoyable. Une centaine d'adorateurs d'Apophis s'étaient jetés dans l'arène sablonneuse où un bœuf attaché à un pieu meuglait en roulant des yeux fous. Dans la muraille, une porte s'ouvrait sur un passage qui permettait de quitter le temple. Les gens se piétinaient dans l'espoir de s'y engouffrer. Tous ceux qui y parvinrent furent fauchés par les archers du lieutenant Djer qui avaient pour mission de surveiller cette issue.

Du balcon, Baka assistait avec ahurissement à la fin de ses hordes. Une flèche atteignit l'un de ses protecteurs entre les omoplates. Les deux Hyènes qui se trouvaient avec lui connurent le même sort. L'attaque venait de la pièce dans laquelle se trouvait Khnoumit. Le chef des adorateurs d'Apophis se retourna lentement. Leonis apparut dans la lueur des torches. Des hommes se dressaient derrière lui. Baka n'avait jamais vu le sauveur de l'Empire. Il ignorait à qui il avait affaire. L'arc de l'enfant-lion était tendu. Sa flèche était pointée sur la poitrine du maître des ennemis de la lumière. Un rictus de haine tordit la figure de ce dernier. Il s'exclama :

— Vos combattants sont très forts devant des hommes désarmés !

Leonis s'avança encore un peu avant de répliquer :

— Pour combattre des vipères, il faut parfois savoir se comporter comme des vipères, Baka !

— Tu peux bien jouer les braves, misérable cloporte ! Mais la fin des adorateurs d'Apophis ne changera rien ! Mykérinos ne vous en a sans doute rien dit, mais le peuple d'Égypte sera bientôt anéanti! Le mal a triomphé! Tu transmettras ces paroles à ton roi!

— Je crois encore au triomphe de la lumière, Baka! Je suis le sauveur de l'Empire! Je suis Leonis! Et tu emporteras mon nom dans le néant!

Le maître n'eut guère le temps de manifester sa surprise. L'enfant-lion décocha sa flèche et Baka fut touché en plein cœur. Les yeux de l'homme s'arrondirent. Il recula d'un pas, émit un râle et tomba du balcon. Il était déjà mort lorsque son corps s'écrasa dans l'arène.

Montu, Menna et Hay vinrent rejoindre Leonis qui semblait abattu. Menna lui toucha l'épaule pour dire:

— Tu devais le faire, Leonis.

Le sauveur de l'Empire acquiesça de la tête. Hay ajouta:

— Tu n'as rien d'un assassin, mon garçon. C'est un assassin qui te le dit.

Dans l'obscure antichambre qui donnait accès au balcon, une voix féminine, faible et éraillée, se fit entendre:

— Hay?

Les combattants s'entre-regardèrent.

— C'est toi, Hay? C'est… c'est impossible…

Le regard du colosse se troubla. Avec incrédulité, il interrogea:

— Khnoumit? Est-ce toi, Khnoumit?

— C'est... c'est impossible, reprit la voix de femme.

Hay pénétra dans la pièce. La lumière des flambeaux éclairait à peine la forme assise sur le sol. En entrant, le sauveur de l'Empire et ses compagnons n'avaient pas remarqué Khnoumit. Hay se pencha sur son amour. Il la toucha et fut horrifié par sa maigreur. En pleurant, il commença à dénouer ses liens. En bas, dans l'enceinte du temple, l'assaut sanglant et implacable des combattants du lion se poursuivait. Leur victoire était assurée.

LEXIQUE
DIEUX DE L'ÉGYPTE
ANCIENNE

Apophis: Dans le mythe égyptien, le gigantesque serpent Apophis cherchait à annihiler le soleil Rê. Ennemi d'Osiris, Apophis était l'antithèse de la lumière, une incarnation des forces du chaos et du mal.

Bastet: Aucune déesse n'était aussi populaire que Bastet. Originellement, Bastet était une déesse-lionne. Elle abandonna toutefois sa férocité pour devenir une déesse à tête de chat. Si le lion était surtout associé au pouvoir et à la royauté, on considérait le chat comme l'incarnation d'un esprit familier. Il était présent dans les plus modestes demeures et c'est sans doute ce qui explique la popularité de Bastet. La déesse-chat, à l'instar de Sekhmet, était la fille du dieu-soleil Rê. Bastet annonçait la déesse grecque

Artémis, divinité de la nature sauvage et de la chasse.

Bès: Dieu représenté sous l'aspect d'un nain difforme et barbu, possédant un visage grimaçant et effrayant. Bès était un dieu protecteur. Ses forces magiques éloignaient les dangers et les maladies.

Hathor: Déesse représentée sous la forme d'une vache ou sous son apparence humaine. Elle fut associée au dieu céleste et royal Horus. Sous l'aspect de nombreuses divinités, Hathor fut vénérée aux quatre coins de l'Égypte. Elle était la déesse de l'amour. Divinité nourricière et maternelle, on la considérait comme une protectrice des naissances et du renouveau. On lui attribuait aussi la joie, la danse et la musique. Hathor agissait également dans le royaume des Morts. Au moment de passer de vie à trépas, les gens souhaitaient que cette déesse les accompagne.

Horus: Dieu-faucon, fils d'Osiris et d'Isis, Horus était le dieu du ciel et l'incarnation de la royauté de droit divin. Successeur de son père, Horus représentait l'ordre universel, alors que Seth incarnait la force brutale et le chaos.

Isis: Épouse d'Osiris et mère du dieu-faucon Horus. Isis permit la résurrection de son époux assassiné par Seth. Elle était l'image de la mère idéale. Déesse bénéfique et nourricière, de nombreuses effigies la représentent offrant le sein à son fils Horus.

Osiris: La principale fonction d'Osiris était de régner sur le Monde inférieur. Dieu funéraire suprême et juge des morts, Osiris faisait partie des plus anciennes divinités égyptiennes. Il représentait la fertilité de la végétation et la fécondité. Il était ainsi l'opposé ou le complément de son frère Seth, divinité de la nuit et des déserts.

Rê: Le dieu-soleil. Durant la majeure partie de l'histoire égyptienne, il fut la manifestation du dieu suprême. Peu à peu, il devint la divinité du soleil levant et de la lumière. Il réglait le cours des heures, des jours, des mois, des années et des saisons. Il apporta l'ordre dans l'univers et rendit la vie possible. Tout pharaon devenait un fils de Rê, et chaque défunt était désigné comme Rê durant son voyage vers l'Autre Monde.

Sekhmet: Son nom signifie «la Puissante». La déesse-lionne Sekhmet était une représentation de la déesse Hathor. Fille de Rê, elle était toujours présente aux côtés du pharaon durant ses batailles. Sekhmet envoyait aux hommes les guerres et les épidémies. Sous son aspect bénéfique, la déesse personnifiait la médecine et la chirurgie. Ses pouvoirs magiques lui permettaient de réaliser des guérisons miraculeuses.

Seth: Seth était la divinité des déserts, des ténèbres, des tempêtes et des orages. Dans le mythe osirien, il représentait le chaos et la force impétueuse. Il tua son frère Osiris et entama la lutte avec Horus. Malgré tout, il était considéré, à l'instar d'Horus, comme un protecteur du roi.

Sobek: Le dieu-crocodile, l'une des divinités les plus importantes du Nil. Par analogie avec le milieu naturel du crocodile, on l'associait à la fertilité. Il était vénéré sous son aspect purement animal ou sous l'aspect composite d'un corps humain à tête de crocodile. On craignait Sobek, car il appartenait au royaume du dieu Seth. Le dieu-crocodile, une fois maîtrisé et apaisé, était un protecteur efficace du pharaon.

PHARAONS

Djoser (2690-2670 av. J.-C.) : Second roi de la
IIIᵉ dynastie de l'Ancien Empire. Son règne
fut brillant et dynamique. Il fit ériger un
fabuleux complexe funéraire à Saqqarah où se
dresse encore, de nos jours, la célèbre pyramide à degrés construite par l'architecte
Imhotep.

Khéops (aux alentours de 2604 à 2581 av.
J.-C.) : Deuxième roi de la IVᵉ dynastie, il fut
surnommé Khéops le Cruel. Il fit construire
la première et la plus grande des trois pyra-
mides de Gizeh. La littérature du Moyen
Empire le dépeint comme un souverain
sanguinaire et arrogant. De très récentes
études tendent à prouver qu'il est le bâtisseur
du grand sphinx de Gizeh que l'on attribuait
auparavant à son fils Khéphren.

Djedefrê (de 2581 à 2572 av. J.-C.) : Ce fils de
Khéops est presque inconnu. Il a édifié une
pyramide à Abou Roach, au nord de Gizeh,

mais il n'en reste presque rien. Probablement que son court règne ne lui aura pas permis d'achever son projet.

Khéphren (de 2572 à 2546 av. J.-C.) : Successeur de Djedefrê, ce pharaon était l'un des fils de Khéops et le bâtisseur de la deuxième pyramide du plateau de Gizeh. Il eut un règne prospère et paisible. La tradition rapportée par Hérodote désigne ce roi comme le digne successeur de son père, un pharaon tyrannique. Cependant, dans les sources égyptiennes, rien ne confirme cette théorie.

Bichéris (Baka) (de 2546 à 2539 av. J.-C.) : L'un des fils de Djedefrê. Il n'a régné que peu de temps entre Khéphren et Mykérinos. Il entreprit la construction d'une grande pyramide à Zaouiet el-Aryan. On ne sait presque rien de lui. L'auteur de *Leonis* lui a décerné le rôle d'un roi déchu qui voue un culte à Apophis. La personnalité maléfique de Baka n'est que pure fiction.

Mykérinos (2539-2511 av. J.-C.) : Souverain de la IVe dynastie de l'Ancien Empire. Fils de Khéphren, son règne fut paisible. Sa légitimité fut peut-être mise en cause par des aspirants qui régnèrent parallèlement avant qu'il ne parvienne à s'imposer. D'après les propos recueillis par l'historien Hérodote, Mykérinos fut un roi pieux, juste et bon qui n'approuvait pas la rigidité de ses prédécesseurs. Une inscription provenant de lui stipule: « Sa Majesté veut qu'aucun homme ne soit pris au travail forcé, mais que chacun travaille à sa satisfaction.» Son règne fut marqué par l'érection de la troisième pyramide du plateau de Gizeh. Mykérinos était particulièrement épris de sa grande épouse Khamerernebty. Celle-ci lui donna un enfant unique qui mourut très jeune. Selon Hérodote, il s'agissait d'une fille, mais certains égyptologues prétendent que c'était un garçon. On ne connaîtra sans doute jamais le nom de cet enfant. La princesse Esa que rencontre Leonis est un personnage fictif.

Chepseskaf (2511-2506 av. J.-C.): Ce fils de Mykérinos et d'une reine secondaire fut le dernier pharaon de la IVe dynastie. Pour la construction de son tombeau, il renonce à la forme pyramidale et fait édifier, à Saqqarah, sa colossale sépulture en forme de sarcophage.

La production du titre : *Leonis, Le Temple des Ténèbres* sur 15 100
de papier Enviro 100 plutôt que sur du papier vierge aide l'enviro
nement des façons suivantes :

Arbres sauvés : 128
Évite la production de déchets : 3 700 kg
Réduit la quantité d'eau : 349 958 L
Réduit les matières en suspension dans l'eau : 23,4 kg
Réduit les émissions atmosphériques : 8 124 kg
Réduit la consommation de gaz naturel : 529 m³